情侣手记

残雪 著

湖南文艺出版社

序

在沙漠地带之下的深土层里，有无名小动物们在辛勤地耕耘。这些从来不露面的动物是吃土的。它们所进行的耕耘运动的方向是垂直的，只不过这个方向不是它们用眼睛看见的，眼睛早已退化。垂直的运动是同大地的律动一致的，它们用身心配合着这种大自然的律动。这些景象就是我的一篇短篇小说里所描绘的我的艺术之魂的形象。

有一位具有慧眼的异国读者指出，我的小说所描绘的风景就是创作过程本身的风景。这样的读者无疑是具有创造力的。这也意味着，阅读残雪的小说需要一定的创造力。这种特殊的阅读不能只盯着字面上的公认的意思，因为你所读到的是灵魂发出的信息，你的阅读就是唤醒你自己的灵魂来同作者的灵魂进行沟通。灵魂之间是可以相通的，这是我的信念。

已经有三十年了，我对短篇的写作情有独钟。我认为最美的短篇应该是那种元气十足，勇敢无畏地向着纵深地带开拓的表演。我在写作中力求使自己朝着这个方向努力。这套残雪作品系列（《侵蚀》《情侣手记》《一株柳树的自白》《紫晶月季花》《垂直的阅读》）所收录的短篇小说，是我这十年里创作的最新作品。我对自己的这些表演很有信心，我将它们交给我的读者来评判。我在国内和国外都有一些能够与我互动表演的读者，他们的人数还在渐渐增多，对一位辛勤的写作者来说，还有什么是比这更大的欣慰呢？我愿用这些新作品同他们共勉！

我的创作一直在层层深入，这些作品是孤独探险的产物，同时也是沟通的产物。这两种反向的运动是同时展开的。因为我们人类，是这大地上的高级灵物，沟通使我们具有无比开阔的视野。在最最黑暗的处所，在举步维艰的险境中，自然母亲那悠远的呼唤传到我们耳中，充满了我们的身心。同我以前创作的短篇相比，这些奇异的故事大概是纯度更高，更具有普遍意义，也更接近核心了吧。它们发生在与死亡接壤的地带，显示出义无反顾和孤注一掷的决心。它们暗示的是：人，可以像这样活在艺术当中。

众所周知,三十年来我所进行的是没有退路的实验文学的实验,国内从事这种文学实践的人非常少,应该是由于它的难度所致吧。要写这类的短篇更是难上加难,因为你必须"心死",必须有长年累月囚禁自己的毅力,你的精神才不会涣散,身体才不会懈怠。我在此将它们献给爱好灵魂文学的读者,也是为了做出一个榜样,让那些孤独的心灵对自己更有信心,也使他们更有勇气地投入这种匪夷所思的操练。在物欲横流,精神废弃的时代,始终如一地关心灵魂生活的人是时代的先知,自觉地意识到身负的义务是大自然对我们的期盼。不论你是写作还是阅读,只有独特的创新是其要义。

"冰冻三尺,非一日之寒",相信我的大部分读者都能体会到这些深邃的篇章里所透出的功力。也许我的新作会带动一些新人同我一道前行,我愿做这样的幻想。若如此,那将是我这名老艺术家的最大幸福。

残雪

2013 年 12 月 18 日

目录

树洞　001

袁氏大娘　022

庭院　041

盗贼　054

枣村　079

情侣手记　104

龟　126

暗夜　145

末世爱情　196

小姑娘黄花　234

月光之舞　263

树洞

我的父母早就去世了。他们给我们兄妹在小城里留下一套房子,我和妹妹住在这套旧房子里挺安稳的。白天我在街道的螺丝厂上班,妹妹在外面捡些破布头啦,碎玻璃啦,橘子皮啦之类的废品垃圾去卖,日子倒也混得下去。可是前不久发生了一些问题。先是妹妹小三捡回一把旧铜壶,我们还用那铜壶烧了几天开水。没想到铜壶的主人很快就上门了。她是一个老婆婆,我在我们小城里从未见过她。她进了屋,在桌边坐下,然后拿出她的证件给我们看。

证件上写着她叫刘淑娥,是乌蓬乡的农民。她说我们烧水的铜壶的手把上刻得有她的名字。我拿出铜壶一检查,是真的。但是她并不是来要回铜壶的,她说她是螺丝厂的领导派来照顾我们兄妹的生活的。她还说了一个领导的名字,说得蛮顺口的。那么铜壶是怎么回事呢?铜壶归铜壶,不要去管它了。现在的麻烦是这个乡下妇人要住到我们家里来了。

妹妹噘着个嘴,在老婆婆的身后砸烂了一个酒瓶以示抗议。但这个刘淑娥根本就不在乎她的抗议,她是那种倚老卖老的类型。我考虑的是一些实际问题。现在我同妹妹的生活只能勉强维持,她来了拿什么给她吃呢?领导怎么连这一点都没考虑到呢?如果现在赶她出门吧,我又担心丢了螺丝厂的工作。我这个做哥哥的是家里的家长,可不能轻举妄动啊。我决定第二天去厂里探探风声再说。

刘淑娥当天就在我们家住下了。她倒也不讲究。就从什么地方背来一床草荐放在客厅角上,再在上头铺床破毯子就睡下了。我知道她夜里睡得很不好,同什么人吵架,口里发出含含糊糊的声音,像是很愤怒。

第二天我走进办公室,两位厂长客气地招呼我坐下。我眼睛看着地板,吞吞吐吐地提起刘淑娥的事。他们的反应很怪,既不像知情人,又不像不知情。后来他们就称赞我"做得对"。我提出生活费的事,鼓起勇气诉说了我的困难。

"你不要急,"刘厂长安慰我说,"这种事厂里会有考虑的。你刚才说的事引发了我的思考,像这种助人为乐的老人在我们社会里应该获得什么样的地位呢?"

"我也在想这个问题。"曾副厂长附和道。

由于他俩都在考虑刘淑娥的地位问题,我觉得不便打扰,就出来了。出来之后我又很后悔。为什么我进去时不首先提出我的疑问让他们来解答呢?尤其是关于那把铜壶。我傻乎乎地将事情从头讲起,他们一定以为我只不过是作为职工向厂里报告情况罢了,这样他们也不认为自己有义务来帮我解决问题了。不过现在再要赶走刘淑娥已经迟了,领导已知道这事,而且表态说"厂里会有安排的"。如果我和妹妹赶走这名"助人为乐的老人",我在厂里的工作也没有了。

我越想越心烦,结果上班时出了好几个废品,受到班长严厉批评,还要扣发工资。下班走出车间时,我觉得自己简直没脸见人了。

我妹妹小三没有到市场去买菜,她要袖手旁观,看看这个老婆婆在我们家里吃什么东西。刘淑娥并不慌,她中午到街上吃了碗面就回来了,大概晚饭也准备如此打发。看来她身上是有钱的,只是不给我们用罢了。她也不帮我们做家务,她坐在她的草荐上,戴上老花镜,拿出一本农历书来翻阅。我很看不惯她那种样子,她认得字,这没什么了不得的。好在她也不来找我们聊天什么的,所以尽管讨厌,还可以忍耐。看样子她也不爱聊天。

白天我上班去了,不知道她在家里干些什么。据妹妹说,她什么都不干,就坐在那里看她的历书。中午时分,来了个女人,是她侄媳妇,一来就哭哭啼啼的,诉完了一肚子委屈后又要在她这里住下。她满口应承,就好像这里是她的家一样。后来她居然叫侄媳妇去街上端了三碗面回来,把我妹妹也叫到一起吃了中饭。到了下午,刘淑娥又亲自带了侄媳妇去菜场买菜,买回又让侄媳妇做好。我一回家就看到一桌饭菜摆好了。妹妹对我说,以后她就天天这样干,让这个老家伙出钱买吃的。

那侄媳妇就同刘淑娥挤在草荐上睡。但新来的女人是个不安分的人,夜里拳打脚踢的,不时还尖叫几声。早上我一看,客厅变成了牛栏屋,草荐被扯烂了,稻草东一团西一堆的,而那位刘淑娥还没醒,就蜷缩着身子睡在水泥地上打鼾。

那女人从厕所里走出来,看着窗外愤愤地说道:

"在这种地方过日子实在受不了。毒蚊子啦,苍蝇啦,时时刻刻要人命。喂,小伙子,你死守在这栋房子里干吗?还不如去乡下,清清静静的。"

"你们乡下才有毒蚊子和苍蝇呢!"我反驳她道。

她哈哈大笑起来。这一笑,就把刘淑娥吵醒了。刘淑娥揉了一把老眼,从地上站起来。她问侄媳妇她的老花镜哪里去了(大约她又想摆格了吧)。侄媳妇跪在地上,在稻草里头扒拉了半天才找出那副老花镜。

我看着满屋狼藉,忍不住对刘淑娥说:

"你侄媳妇说还不如回乡下去呢!"

刘淑娥听了我的话一愣,但马上又释然了。

"是啊,"她说,"我也这样想呢。我们屋后的森林里,遍地都是蘑菇。这种天,随便找个树洞住下来就行了,不愁没吃的。那些树洞,有你这间房这么大。"

"那你还不走?"

"你这傻孩子,我怎么能丢下你们不管呢?"

我在上班的时候心里惴惴不安,担心家里要出事。刘厂长在中午休息时过来了,他主动问我是否同刘淑娥老人家合作得很好。我回答说是的。他大大地高兴了,竖起拇指夸我遇事沉着。走出车间的时候,他还像小孩一样跳了两跳,惹得大伙儿都拍起手来。

同事们都很眼红我,说,这种美事怎么就没摊到他们头上呢?想想看吧,不但来了个不要钱的保姆,还负担家里的伙食,这不是一步登天了吗?

"怪不得这小子不好好干活了,原来家里有了后援!"

我妹妹很快就同她们打成一片了。妹妹本来就懒,惰性重,以前为生活所迫不得不参加劳动。现在可好,来了个开饭的,妹妹酒瓶子也不捡了,天天睡得很迟才起来。到了中午,就由那媳妇在灶上胡乱煮点面糊糊,给三人充饥。要等到晚上再正式做饭。我虽厌恶她们这种生活,也不敢说出来。我一开口,妹妹就凶得要命,在气势上完全将我压倒了。后来她不知从哪里搂了一大捆草回来,铺在客厅里,毯子也不要,就直接睡在稻草上了。到了夜里,她也伙在一起大喊大叫,还扔枕头,闹得不可开交。

家里现在是三个女人,我一个男的夹在中间实在是不方便,而且她们又占着客厅,我每天都得从她们面前进进出出的。即使她们根本不注意我,我也还是感到别扭。为了逃避这种处境,我就到我的好友张自安家里去搭餐了。一般在他家吃过晚饭后,又到街上晃荡,快到睡觉时分才回家。我不管她们在家干些什么,我也不想知道,我心里烦。

当我在吃晚饭的时候小声地、谨慎地将我家里的事告诉张自安的时候,张自安的媳妇春玉就大声嚷嚷起来了。她说她还巴不得自己有这样一个亲戚呢,不但不添麻烦,还从经济上给予援助,简直是太得便宜了。

"我早听厂里的人说了这事。没想到你身在福中不知福,像你这么乖戾的性格,今后是很麻烦的啊。"

她说话时还白了我一眼。我本来期望张自安会像平时一样打消她的嚣张气焰,没想到他只是低着个头坐在饭桌边,一声接一声叹气,明明是在为我感到难过。

"我可不是反对你来搭餐啊,相反,我是很欢迎你的!"她又补充说。

"春玉说的是真心话。"张自安连忙附和她,"有一件事我一直忘了告诉你,春玉同那刘老太太是同一个村的人呢。"

我吃了一惊,想向春玉打听点什么又不敢开口,因为我觉得事情渐渐地错综复杂起来了。我就等着,等她自己说出来。她果然开口了。

"刘老太这个人啊,见多识广。"

她说了一句就没了下文。一直到我告辞她也没再说什么。

我仍然认定刘淑娥是厂领导的亲戚,如果她不是的话,我早就把她和她侄媳妇赶走了。我只能按厂长的指示同她"合作",没有别的办法。至于妹妹,她要随波逐流我也没办法,总比到外面去做坏事好些吧。比较难对付的是她们夜里闹得太厉害,我把门关得紧紧的,门缝上贴好纸条,还是无济于事。她们几个像要翻天似的。我只好找妹妹谈话了。这一阵子她已经根本不听我的话,也不把我当哥哥了。我委婉地提出来要她收敛一些,免得邻居有意见。

"我根本就没有闹,我在睡觉,是你自己心不静。"她一口否认。

我十分生气,就向她指出早上客厅里的一片狼藉,还有夜间发出的巨响,被打坏的水罐。我越说越冲动,拍起桌子来。

"我们都在睡觉。"她阴沉而强硬地回了这一句,走开了。

她的反应让我迷惑不解。是谁在这屋里闹腾呢?

没几天又来了两个女人,刘淑娥又充当好客的主人留下了她们。新来的两个女人样子长得很难看,老在挤眉弄眼的。自然,她们又是刘淑娥的亲戚。其中一个叫吴素娥的特别爱哭,没说几句话眼圈就红了,还将自己到这里来做客称为"充军"。妹妹又搬来几捆草铺在地上,将客厅里的饭桌也弄走了,整个十六平方米的厅屋成了个大通铺。我经过厅屋到我自己的房里去,就得从她们的铺上踩着过去。不过她们一点都不在乎,看得出她们都有心事(包括妹妹),但她们的心事都同眼下的一切无关。

那两个女人来了之后,刘淑娥早上就起得比较早了。她倒不是起来做早饭,因为她们根本就不吃早饭。刘淑娥起来之后,就坐在厨房的小板凳上看历书,她的背像年轻人一样挺得笔直,口中念念有词。而这个时候,客厅里的女人们还横七竖八地躺在那里。我因为要上班,所以也起得早。我到厨房去洗漱时就忍不住要同刘淑娥说话。我对她说:

"刘婆婆,你在城里住久了,一定想念家乡吧?"

刘淑娥放下历书,站起来拍了拍我的肩膀,说道:

"小伙子,你同我们一起到森林里去住吧,那里也是你的家乡嘛。"

"可是我要是丢了工作就会没饭吃啊。"

"怎么会丢工作,厂里领导会为你考虑的。再说到了家乡还怕没饭吃啊。这种季节,蘑菇啦,山鸡啦,鱼虾啦,到处都是。"

"乡下这么好,你的亲戚怎么都要到城里来?"

"这是另外一个问题了,因为她们都很痛苦啊。我们乡下的痛苦,三言两语说不清,说出来你这样的城里人也不会相信。我只告诉你一点:我们那里的人,生下来心里就很苦,周围环境那么好,还是治不好我们的病。"

刘淑娥似乎不愿再谈下去,就又坐下来,继续她的研读。我朝那本金黄色的小书瞥了一眼,看见她翻开的那一页上画着一条状似百足虫的怪物。

家里闹腾得更厉害了,客厅里的玻璃都被砸烂了两块。刘淑娥已经告诉过我,她们大家心里都郁积着痛苦。

那么妹妹又是怎么回事呢？到了夜里，她同这些女人一样亢奋，她甚至弄了两只有铃铛的脚环戴上，在厅屋里跳呀跳的，像疯了一样。我也起来过两回，借着朦胧的月光，我看见那几个女人在稻草上滚过来滚过去的，有时又披头散发地立在那里。如果我向她们走近，她们就直挺挺地倒下去，吓得我赶紧回到了自己房里。

可能是女人们的痛苦感染了我，我上班的时候也变得无精打采的，同事们说我的模样"就像刚从噩梦里头出来一样"。我心里还暗暗地焦急，希望厂领导看出我的困境，把刘淑娥她们遣走。但是这样的转折并没有发生，我每天仍然在水深火热之中生活，夜里睡不好，白天干活也走神。我又出了两个废品，但这一次，没人来训斥我，也没扣我的工资（上次也没扣）。厂里就好像对我放任自流了似的。我想，他们说不定对我失望了，如果这样，我丢掉工作的那一天也就快来了。我注意到，同事们都不主动找我聊天了，他们离得远远的，大概在那里等着看我的脸。

下班的时候，刘厂长从后面叫住了我。

"听说你家里有把铜壶？"

"是啊，那是刘婆婆的，上面刻着她的名字呢。"

"好运气呀好运气。嘿，你这个家伙！"他含糊地做了个手势，快步走到前面去了。

张自安过来了，一把挽住我，涨红了脸说：

"厂长要培养你呢！"

到张自安家去的一路上，他都在喋喋不休地向我介绍他的一种病。他的病是新得的，没什么别的症状，就是嗓子眼里老塞着一个东西，时时刻刻想要一吐为快，却又做不到。有时睡着了，喉咙里那一团胀大起来，弄得他在窒息中挣扎了好几回。他说他本来以为自己这一辈子差不多快完了，就等着退休颐养天年了，没想到竟还有这种变故。他心里也明白这不是什么别的病，是心病，但这病使得他十分难受，这是最糟糕的事。他是一个过惯了轻松日子的人，平时看见危险就躲，所以几十年倒也活得稳稳当当。现在堡垒从内部攻破了，所以他有点措手不及。

说着话就到了他家里。吃饭的时候，我注意到春玉的情绪很不好，红着两只眼，像是哭过。吃饭吃到中途，两口子就拌起嘴来。春玉指责张自安，说他"自从宣称自己有病，就变得横蛮不化了"。张自安听了她的话就吼起来，要她"滚回家乡住树洞去"。我从未见过张自安有这么凶，他将手里的筷子都折断了。于是趁他们吵得不可开交时，我就悄悄溜走了。

走在路上，我才想起春玉的家乡同刘淑娥的家乡是一个地方。怪不得张自安要她去"住树洞"呢。看来"住树洞"在刘淑娥的家乡是一件很普通的事,这些女人恐怕都住过呢。我就努力想象那种情景。不知怎么,耳边老是响着刘淑娥兴奋的声音:"这种季节,蘑菇啦、山鸡啦、鱼虾啦,到处都是。"我所见到的这些女人就在那种地方生活。但是这个春玉,她过的是什么日子呢?她在水泥厂做搬运工,每天上班累得要命,回家后却还要做饭洗衣。像大多数小城的妇女一样,她过着不见天日的生活。可张自安对她的威胁却是"滚回家乡住树洞去"。难道那种生活会比现在更苦、更没有盼头么?刘淑娥家乡来的女人,说起家里都是万般好,简直是鱼米之乡、福地,但她们心里却还有莫名其妙的痛苦,要到城里来排遣。我脑子里冒出一个大胆的设想:张自安的病,恐怕是由他老婆引起的!试想一个女人,几十年都生活在无法解除的痛苦之中,作为女人的丈夫,又怎能熟视无睹呢?我越思考这些事,心情就越不好。我觉得自己已经中了某种圈套了。

我早早地回到家里,客厅里的几个人都有点惊奇。本来她们在将脖子伸出窗外看什么东西,我一回来,她们就都在自己的草铺上坐下了。刘淑娥走过来对我说:

"你倒好,没有思乡之苦。黄昏的时候,我们这些人的眼睛都要望穿呢。"

我当然不必思乡,因为我根本就没离开自己的家乡。那么妹妹,她为什么也伸长脖子朝外看呢?莫非她脑子里有了一个新的、看不见的故乡?我心神恍惚地走到我的房里,我也尝试着向窗外看。我看到了什么呢?当然是什么都没看到。还是那条行人稀少、路面破烂的街道,要死不活的泡桐树。我的正对面是一个公共厕所,一名心事重重的男子一边系裤子一边走出来。我看了这始终不变的风景心里就发堵,于是用力将窗帘拉上了。

由于白天的事对我刺激太大,我通夜失眠了。奇怪的是客厅里十分寂静,平日里那种闹腾的场面没有发生。后来我干脆起床坐在窗前。有人在轻轻地敲门,是刘淑娥。刘淑娥在灯光下显得很精神,花白的短发银光闪闪,给她脸上添了很多慈祥。我觉得她像换了个人似的。

"我实在是担心你啊。"她说着就在我床边坐下来。

"她们今夜怎么不闹了?"我朝客厅那边努了努嘴。

"她们累坏了。你想想看,要看清千里之外发生的事,能不费力么?我已经不干这种傻事了,我除了历书,什么都不看。你就这样坐在这里么?"

"我还能怎样啊?"

"你这个势利鬼!你不像个人!"她突然大怒,站起来,咚咚咚地走到客厅里去了。

我在心里对自己说:"我不这样还怎样?刘淑娥啊刘

淑娥,难道你还没看出来,我也是一个春玉吗?此地是我真正的家乡,我在这里过着苦日子,我不知道还能有另外的生活,就是知道,我也是适应不了的。妹妹也许想要改变一切,但她是一个头脑简单的人,除了捡破烂做家务外什么都学不会,也不想学,她又能做得出什么大事来呢?我不理解你和你的亲戚心里的那份苦衷,我只知道物质上的苦恼,比如吃不上肉,比如没有钱之类的。这些事都不足以使我做出惊世骇俗的事。你就是为这个骂我势利鬼吧?"我在心里诉说了这一通,一点都没减轻难受的程度。这时刘淑娥又悄悄进来了。

"你就不能主动一点,向厂领导汇报一下吗?"

"汇报什么呢?"我茫然地问,"再说他们都很忙。"

"他们是很忙,"刘淑娥兴奋起来,"可这是他们的工作!你应该经常同他们取得联系。生活中,总是需要人指点的。就说我吧,已经这么大岁数了,还在学习。"

第二天,我很早就等在厂里大门口。我知道两位厂长比一般工人要来得早。我在传达室坐了一会儿,刘厂长和曾副厂长就一前一后地过来了。我连忙出去面对他们。没等我开口,刘厂长就嚷起来了。

"我说你这个小伙子啊,有事千万别闷在心里!厂领导是什么?厂领导就是你的父母嘛。凡是你的事都要告诉我们。要是你犯了错误，我们就打你的屁股！哈！"

曾副厂长也大笑起来。我觉得我要说的事难以启齿。

"你还不说呀？还不说我们就走了！"

"我有事！"我鼓起勇气喊道。

"什么？"两位厂长异口同声地问，显然是装作没听清。

"我和妹妹住的房子不行，各式各样的人来骚扰，厕所里的蚊蝇都往屋里飞，上星期妹妹还发了疟疾。我们在城里生活有困难，尤其是夜里，房子被一伙强盗占了，他们把我们赶到街上，让我们好好地忏悔自己的罪过。可是我们有什么罪呢？总而言之，我和妹妹都向往乡下清静的生活，我们愿意同刘老太太回她乡下去。"

我分明感到自己在不知所云，却还硬着头皮说下去。我发现两位厂长都对我的话表现出浓厚的兴趣。

"我们一直过得很好，有厂领导的照顾……关键是我们的房子不行，不清静，又有蚊蝇。乡下就不同了，据说空气新鲜，有很多可供人去住的宽敞的树洞。"

"树洞？他说的是树洞啊！这个伶俐的家伙！"曾副厂长手舞足蹈地叫起来，弄得我一下子愣住了。

"我问你，你对这事确信不疑吗？"刘厂长严肃地问道。

"什么事？"

"树洞的事啊。这可是非同小可！因为涉及生活方式的改变。"

"我并没有看见……我只是听说,我想应该是真的……"我犹豫了。

"那就不要再提它!"刘厂长突然提高声音,"这种事信口开河要不得。"

我被吓得说不出话来了。整整一天,我都在反省自己的胆大妄为。我到底是怎么啦,我并不想到乡下去,却说出那种鬼话来。我中了刘淑娥的计了,是她挑唆我去同厂领导联系的。

夜幕即将降临的时分,我又看见家里的几个女人在窗口伸着脖子看外面。她们都对我很冷淡,也很鄙视。我在心里检讨自己,揣测着是不是因为我泄露了秘密,她们才会做出这副模样来。

到了夜里,刘淑娥没来找我,妹妹却来了。妹妹先是沉默不语地坐在我床头的樟木箱子上面,过了好一会她才开口。

"我们和刘老太太(她早已经改口称刘淑娥为刘老太太了)都不想离开这里,至少现在不会走。"

"那你们寻死觅活地折腾是为了什么呢?"

"我们,我们是为了……唉,哥哥,你怎么就不明白呢?我们根本就没折腾,我们在客厅里睡觉,是你自己在折腾。我同她们一道躺在稻草上时,我们都看见了那个望不到边的禾坪,禾坪里晒着红彤彤的辣椒。"

"你打算与她们一道回乡下么?"

"我要努力向她们学习。"

客厅里有人在哭,妹妹跳起来,向那里跑去。原来是叫吴素娥的女人起来上厕所摔了一跤,摔破了额头。刘淑娥正在旁边安慰她。她的安慰词别具一格。

"你不要心烦,我们马上要苦海出头了。你想想看你在哪里?你是在城里啊,在城里摔了一跤,这种事一辈子都不会忘记的,是吧?我们不要让别人看我们的笑话,离开家乡的人啊,总免不了要摔倒,因为头重脚轻嘛。有人说我们不该离家出走,那完全是胡说八道。"

我在旁边听得想笑,就拼命忍住。后来刘淑娥回过头来看见了我,她又说起了我。

"你看看这个小伙子,他才是真的可怜啊。我们好歹有个家乡,他呀,连自己的家乡在哪里都从来不知道。我好意提醒过他,他就是不相信。他这样随波逐流下去,什么时候才会苦海出头呢?你说说看?"

那姓吴的女人听了这话也为我担忧起来,说我惹得她"心烦"。她一下子完全忘了她的伤痛了。这也是她们与我不同的地方,因为她们从不把注意力长久地放在一件事上,再大的痛苦也能转背就忘记。她甚至站了起来,将一只手掌压在我的肩头,对刘淑娥表白说,她"很想替这个小伙子出谋划策"。她这样一说,其他人就都围拢来，要给我出主意。但是妹妹阻止了她们。

妹妹突然显出很有主见的样子来了，她叉着腰站在屋当中说话。也可能她从来就有主见，只不过我没有注意罢了。她说经过这一段时期的磨炼，她认为她哥哥心里已经打定主意了。对于这件事她一点都不怀疑，并决心和哥哥一块行动。"我们就要结束这里的快乐生活，背上我们的行装去刘老太太的家乡了。我们不是去住在刘老太太家里，我们是去住在那些树洞里，过野人的生活。这个主意也不是忽然打定的，而是考虑了很久了。再说你们大家，还有厂里的领导都支持我们这样做。"妹妹宣布了她的计划之后，就满脸迷惑地坐在她那一团乱草上，起先的主见也不知跑到哪里去了。她用一面破镜反复地照自己的脸，就好像要从那张脸上找回信心一样。

我发觉房里的几个女人都对她的计划漠不关心，坐的坐，躺的躺，显出无聊的神情。我回忆起我在厂门口对厂长们说的那番话，认识到我当时完全是鬼迷心窍了，根本不知道自己说了些什么。看来妹妹刚才的表演也同我白天的情形差不多，她也是在鬼使神差般地胡说八道。但是说过的话又怎能收回呢？何况据妹妹说，厂领导也要我们走出这一步。虽然妹妹说是去做野人，在我看来倒并不一定那么可怕，大不了做个富裕之乡的农民，比现在也坏不到哪里去。这个刘淑娥神通广大，一定会把我和妹妹安排好的。我觉得自己似乎已经做好了住树洞的准备。

我和妹妹同刘淑娥她们约好星期五一起回她们家乡。我们还约好不同螺丝厂的领导说这事,让他们吓一大跳。妹妹去买火车票,她买了星期五上午的票。

天还没亮那几个女人就起来了,她们说要到城里一个亲戚那里去辞行,辞了行再回来同我们一道上火车。她们虽说是去辞行,但每个人都将自己那点简单的行李带在身上了。妹妹打着哈欠坐起来,口里说着"时间还太早",倒头又睡。我心里隐隐地感到激动,就睡不着。于是我又将行李检查了一遍。我们并没带多少东西。刘淑娥当时是这样对我说的:

"东西越少越好。你现在还根本不知道那边的情况,对吗?即算我给你介绍了情况,你到了那里也会有完全不同的看法,所以还是'到哪山唱哪山的歌'为最好。"

我不愿意相信刘淑娥的话,但我也实在打不定主意要带些什么。我横下一条心了。大不了再回来,丢了工作,那时就同妹妹去街上拾破烂吧。所以这一次,我们仅带了一些换洗衣服、被子,还有些日常用品。其中最重要的是我这几年留下的一小笔钱。

天大亮了,妹妹还在呼呼大睡,她磨牙,还不时拳打脚踢，弄得满屋子稻草飞扬。我们是十点钟的火车，她该起来了。我喊了又喊，她还是不起来。我勃然大怒，冲进厨房舀了一瓢冷水过来，对准她的脸浇下去。这下她起来了，因为呛了水，就咳了老半天，眼睛红红的。

"你干什么呀，我好多天没怎么睡了呢。"

"你不打算走了么？"

"走？我们昨天不是走了一次了么？"

"你不要装傻！刘淑娥她们还要回来同我们一道赶火车呢！"

"你以为她们还会回来呀。"妹妹冷笑一声。

我忽然明白了。

妹妹开始收拾客厅里的乱草，她将它们全都扫出屋子，然后又把饭桌拖过来，摆好椅子。她动作麻利，客厅一会儿就恢复了原样。她冲着我喊道：

"你还不去上班呀！从今以后，所有的事都要靠我们自己了，所有的事！"

见鬼，她从什么时候开始变得这么老练了啊？就在前不久，她还那么爱哭鼻子呢。看来刘淑娥对别人的影响力是惊人的。

一切又恢复到和从前一样。我在厂里碰见领导们时，他们不再主动招呼我了。我老觉得厂长们脸上有笑意，待我鼓足了勇气看过去，又发现他们其实是板着脸的。

是啊,对于这些严肃的人来说,我身上并没有什么好笑的地方嘛。至于张自安,他也渐渐振作起来了,我还看见他参加了一次羽毛球比赛呢。他对我说,他媳妇春玉的病已经好多了,虽然屋里没人的时候还会小小地发作一下,比如扯自己的头发之类,但已经没有危险了。近几天,她居然还用"住树洞"之类的事来打趣他呢。

"女人的心真是无底洞。"他深有感慨地说。

"她的病究竟是什么病呢?"我凑近他的脸,很贴心地问。

"实话告诉你吧,"他也压低了声音,"她呀,根本没病!"

"啊?!"

闲下来的时候,我就会想这个问题:刘淑娥她们的家乡到底是不是我的家乡呢?

袁氏大娘

据说袁氏大娘已经满了一百岁了。我年轻的时候就常看见她坐在井边的一块石礅上晒太阳,现在她还坐在那里。她的头发已经掉光了,可是她又不戴帽子,头皮光光的小脑袋显得很滑稽。我们镇上的人都吃那口井里的水,所以袁氏大娘身边总有人来来往往。于是我认为,她是个喜欢热闹的老人。要不,她为什么不待在家里呢?她家里有儿子、儿媳,还有孙儿、孙媳。白天,家人都到外面工作去了。不过袁氏大娘很少同镇上的人搭话,她坐在那里,一副心静如水的样子。

如今我也上了年纪,家里烦人的事很多,有时,我会产生去井边同袁氏大娘坐在一起的冲动,当然我没有实行。

吃过晚饭,我丈夫就拿着钓竿之类的东西去水库上钓鱼去了,他要去两天,住在同事家里,和他同去的还有我的两个女婿。我的女儿们则抓住这个机会去访友,还带上了两个孙儿。家人都走空了之后,我便想起了袁氏大娘。但是天已经黑了,她该不在井边了吧。我记得她总是到了吃晚饭的时间就回家的。

镇上反常的寂静,黑灯瞎火的,街上也是一个人都没有。莫非大家都钓鱼去了?我高一脚低一脚地往前走,远远地就看见了袁氏大娘坐在路灯下。她穿了一件白罩衫,很显目。我看见她向前面的一个大水桶俯下身去,不知搞什么名堂。有人扯了扯我的衣角,把我吓一跳。是崔嫂,她神不知鬼不觉地跟在我身后。

"那是个老妖怪,你不要同她说话,会吃亏的。"崔嫂说。

崔嫂见我不听她的话,就一跺脚走开了。

我还没到她跟前,她就开口了。

"华姑啊,"她称呼的是我的小名,"你没去钓鱼吗?"

这是我第一次听她讲话。她的声音原来又尖又细,像小女孩一样,还有点含糊不清,如果不仔细听,根本不知道她在说什么。

"没有,袁氏大娘。您吃了饭没有?"

她说了句什么,这一次我实在是听不清。也许她不是对我说的，因为她又将脑袋埋进了那只大木桶。忍不住好奇，我也朝那桶里伏下身去。里面有大半桶水。

井水就是井水，并没有变出什么特殊玩意儿来。我害怕镇上的人看见我同她这个老妖怪在一块干奇怪的事，就连忙站起了身。她却对那桶里的井水有无穷的兴趣，用两只手撑着大桶的边缘，脸埋下去，口里还念念有词。

这口井很深，来打水的人要放下一大串绳子，桶子才能到达水面。每过一年，系在吊桶上的绳子就要加长一大截。到现在，绳子已经很长很长，所以来打水的都是些壮汉，一般的妇女是没这么大的力气将绳子挽在胳膊上从井中扯水的。如果家里没劳动力，就只好吃小河里的脏水。我想不通这件事：年年都加长绳子，别的地方从未见过这么深的井，难道这口井是一口无底的井吗？我不敢多想，这种事想起来令人头晕。再说打水的事是由女婿们来干的，我用不着操空心。我记得我小的时候，这口井可是浅浅的，随便一个儿童都可以用一根扁担、一根绳子和一个钩子打上水来。

袁氏大娘终于累了，她抬起脸，手仍然撑在桶边上。她在想什么呢？

黑暗中，她的孙儿走来了。这个五十来岁的汉子显得很急躁，很沮丧。

"奶奶，您可要想开啊。按理说，您活了一百岁，该吃的都吃过了，该玩的也都玩过了，儿孙个个孝顺，就是明天去死，也该心满意足了。"

我没想到这个名叫福来的汉子会对他奶奶说出这种话来。

我看不清袁氏大娘的表情，因为她的脸正背着唯一的那盏路灯的灯光。我听见她的语气很委婉，甚至有点撒娇的味道。

"福来啊，你这么为奶奶着想，奶奶心欢喜。我平时可没白疼你。"

福来似乎很得意，轻轻地笑了两声。

"如果有好买卖，奶奶可不要落下福来啊。福来一直对奶奶忠心耿耿嘛。"

袁氏大娘站起来，拄着拐杖往家里走去。她的眼睛很厉害，走夜路一点困难都没有。

我和福来跟在她后面。

"你担心你奶奶吗？"我小声问福来。

"是啊。我奶奶可是个富婆，她藏得有很多钱。"

"她不会留给你们么？"

我这么一说，福来立刻警惕了，他同我离得远一些，他的声音似乎是从山洞里传来：

"钱财是什么东西？生不带来，死不带去！"

从井边回来,家中静静的。想起刚才的事,我不禁哑然失笑。曾经多少次,我那么想去同袁氏大娘坐在一块,其实我对这位老人一无所知。不光她,就连她家的福来,对我来说也像是另一个世界的人。话虽这么说,可是今天,袁氏大娘毕竟对我说话了,她是很少同人交谈的,至少我从来也没看见过。我清清楚楚地听见她叫我"华姑",她可没有老糊涂。最近镇上的人们不知什么原因都变得疑神疑鬼的,有种对袁氏大娘不利的风言风语在流传。大女儿慧兰昨天告诉我说,水井的下面其实有条地道,有人看到过有人形动物从井口爬上来,袁氏大娘还同那家伙说了话呢。我当然不信这种荒唐的流言。当我细细回忆袁氏大娘说话的嗓音时,又总觉得她和返祖现象有关。一百岁的老人怎么会有那么娇嫩的嗓音呢?如果不去注意她使用的语言,那种声音很像我在山里听过的一种鸟的叫声。我是从退休在家之后才注意起袁氏大娘的行踪来的。凭小时的模糊印象,那时她似乎是劳苦的妇女,一年四季在码头搞搬运,后来还伤了腰,有好几年走路直不起身子来。再后来,儿子们长大了,我就只看见她坐在井边了。奇怪的是她越老身子骨越硬朗。

前面房里热闹起来,是女儿们回来了。我听见二女儿在打孩子,外孙杀猪一般号叫。

"我叫你乱钻!我叫你乱钻!"玉兰高举手中的鞋子

往外孙头上砸去,气得声音都发抖了。

我去夺她手里的鞋时,外孙就躲进了灶屋,还闩上了门。

"他他他,简直是鬼迷了心窍!"她一屁股坐下,完全泄了气。

"她气疯了。"慧兰说,"本来在那一家玩得好好的,小满钻进那家院子里的一个地窖就不出来了。别的孩子来报信,玉兰只好下到地窖里去寻,竟然没寻到。当时她就晕过去了。好不容易把她救醒,赶紧回家来求救。谁又料到会在家门口碰见小满呢?问他去哪里了,他说到地底下做客去了。这不是满口胡言吗?"

我把玉兰劝得安静下来,回到她自己房里睡下后,这才去叫小满。

"小满!小满!"我朝门缝里轻声唤道。

厨房里没有响动。

"小满!小满!"我加大了声音。

还是没有动静。我只好用脚踢门。这时两个女儿和大外孙都来了。大女儿用骨牌凳砸开了门。

厨房里没有小满,门窗从里头关得好好的。

玉兰发呆地坐在小板凳上,像是傻了一样。

我想起了地道的事。今天一天,我怎么老是接触这件事呢。

"可以到井边去看看。"我脱口而出。

慧兰和大满立刻开了门向外跑。

"这事根本不必着急,我敢保证他现在好好的。"我对玉兰说。

"我才不急呢,"玉兰发出一声冷笑,"这家伙自私自利,只顾自己享福,这种儿子不如没有!慧兰她知道什么?她什么都不知道!只有我知道他是真的去那种地方了,还有妈,您也知道的,对吗?"

我像木偶一样点了点头。

夜里小满没回来,不过大家都睡得很沉,也许是想通了吧。

小满是早上回来的,敲了半天门也没人去开,还是我开的。他看来真是钻地道去了,灰头土脸的,一边脸上有擦伤。

"小满啊,你是怎么从厨房出去的呢?"

"你们这些人啊,太呆板了!你们都不看看灶台下面,那下面有个活门嘛。还有的时候,你们就要看,呃,看墙上。墙壁是用来干什么的?用来伪装的嘛。哎呀呀,你们,我都不知道怎么来说你们好。外婆我告诉你啊,到处都有那种洞,一留心就看到了。"

他啃着冷窝窝头,摇头晃脑地说话。我让他去厨房指给我看,他又不肯,说是每个洞口只能进去一次,人进去了之后，洞口就消失了。下一次又要找新的洞口。

"墙壁上啦，阴沟里啦，树干上啦，到处都是！"他不耐烦了，"不要说这种事了好不好啊，不然妈妈又要打人了。"

我带着问题去见袁氏大娘。隔得老远的，我看见她居然在从井里扯水上来！那一大卷绳子就挽在她胳膊上呢，真是奇迹啊。等我走到面前，水已经扯上来了，有大半桶。

我想起"妖怪"这个词，我的声音在发抖。

"袁氏大娘哎，给我讲讲井里的地道的事吧。"

本来她在盯着打上来的大半桶水出神，听到我说话她就抬起她的脸。这是我第一次细看她的脸，那脸上像地图一样爬满了皱纹，既有纵向的皱纹，又有横向的，还有无数密密麻麻的分岔，多得让人产生恐惧的联想。我掉转了目光。

"你家的小淘气，偷了我的梳子呢。"

我突然又听到她那小女孩似的、怪异的声音，心里好一阵不习惯。

"你说说看，这是哪一年的事啦？"

她又说，还将秃头伸到我面前来。

"您是说、说小满吗？"我抖得更厉害了。

"正是小满啊。那个时候我可是满头黑发,一脸光鲜啊。"

她同我谈话似乎比从井里打水要累得多,说了这几句之后就坐在石礅上揉胸口,说"累坏了"。然后她就闭目养神,不理我了。

来打水的人多起来,不知为什么,他们都不用这个公用的大桶了,各人带着自家的小水桶和绳子。我就问二喜是怎么回事,二喜翻眼想了想回答说:

"袁姥姥用大桶吊了猴子上来,大家都说不吉利啊。"

我终于看见蛙人了。蛙人不是被袁氏大娘用水桶打上来的,而是沿着井壁爬上来的——他的肚子上有个吸盘。他大约半米高,全身长着灰绿色的、皱巴巴的厚皮,除了头部和人相似之外,身体的形状很像一只巨型的青蛙。当时是清晨,打水的人们还没来,蛙人蹲在袁氏大娘面前,他似乎在哭泣,袁氏大娘正在抚慰他。

"好了好了,不要哭了,你走吧,你走吧。"袁氏大娘说。

蛙人的肚子一鼓一瘪的,他啜泣着,往井沿爬去,然后他就下去了。

我简直看呆了。

袁氏大娘看见我,便招手让我过去。

"这是我兄弟,他在下面太寂寞了。"她说。

"他是一个人住在下面吗?"

"怎么会一个人呢?他有一大家子!他们是战乱的那一年躲到地下去的。我本来也想去,可是又下不了决心。"

我想到了一件事,就开口说:

"他看上去可真是年轻啊。"

"是啊,他比我大两岁呢。他想上来住一阵,你看看他这个样子,他怎么还能上来呢?"

"真想到下面去看看啊。"我由衷地叹道。

"恐怕你去看了一次之后,就再也不想去了。"袁氏大娘含糊不清地说。

我想,外孙小满一定知道某些底细,我要去找他问个水落石出。小孩子,大约不会守口如瓶的吧。

但是小满整天在外头跑,根本就不见踪影,他连中饭都不回来吃了。问玉兰呢,玉兰又像是聋了一样。

我心里有种预感,所以到了晚间,我就到厨房里等着,灯也不开就那么坐在板凳上。过了一会儿,小满就像猫一样扑到了我怀里。

"乖孩子,快告诉外婆地下的那些事吧。"

"不。袁太姥姥不让说。"

"傻瓜,是袁太姥姥让我来问你的。"

"真的吗?真的吗?问我什么呢?要不要把泥蛙的事也讲出来呢?"

"要、要！她就是要你告诉我泥蛙的事。"我连忙说。

"好。泥蛙有四只,全都将脑袋埋在泥洞里。"

"就这些啊。"

"就这些。"

"为什么要将脑袋埋在泥洞里呢?地上的泥蛙并不这样啊。"

"他们要听啊,埋进土里才听得见很深的地底的响动嘛。他们可不是真正的泥蛙。"

"我知道。他们是人。"

"你都知道了嘛。"小满扑哧一笑,将脸埋在我怀里。

"快告诉外婆你是怎样钻到下面去的。"

"我这就说……"

他没来得及说。因为过道里有响动,什么人站在那里了。

站在那里的是玉兰,小满一看见她,就惊跳起来跑掉了。

我看过了厨房的灶台下面,我也仔细检查了家里的墙啦,储藏间啦,地板啦,床底啦这些地方,我一无所获。如果不是亲眼所见,我就会认为小满的话全是无稽之谈了。这个小孩现在就像泥鳅一样滑溜溜的,每当我要同他讲话,他就跑掉了,抓也抓不住。大外孙很可能知道小满的秘密，因为他看见我在房里追赶小满时，他就捂着嘴笑。我就问大满是不是看见了小满去找袁氏大娘。

"他还用得着去找啊，袁太姥姥每天都来房里接他呢。"

"我怎么没看见？！"

"他们走地下通道嘛，没人看得见他们。"

我再追问下去，大满就说："没看见，不能乱说。"

玉兰的举止越来越怪异了。最近她丢了工作，帮我在家干些家务。她很恨解聘她的那位经理，咬牙切齿地说要报仇。只要我在家里谈起蛙人的事，或者在角角落落里搜寻什么，她马上及时地出现了，显然是有莫大的兴趣。这也难怪，因为同她儿子有关嘛。她同儿子成了死对头，当然就只有来找我探听情况了。她的热心令我很不自在，有时竟还有点害怕，我摸不准她要干什么。她和小满是睡在一间房里的，女婿另睡一间房。

刚才我同大满说话时，她又过来了。

"您问也是白问。"她说，"您看，我就不问，我一觉睡到大天亮。"

如果小满夜间去那种地方，她一点都不知情么？

钓鱼的回来了，家里又热闹了，男人们是不会注意家中的微妙氛围的。我同丈夫讲过一次，他立刻跳起来，背了一把铁铲要去井边找袁氏大娘,我被他的激情吓坏了,连忙死死拖住他。然而过了一会儿,他就彻底忘了这回事。我也试图向二女婿讲过小满的情况,不料他哈哈大笑,说:

"蛙人的事啊,我们在外头听说得多了。难道小满同那种动物混到一起了?好事情,可以长见识!"

我说并没混到一起,只是我有这种担忧。

"您千万别担忧,那孩子又鬼又精,他不会吃亏的。"

似乎是,没有一个人想了解这种事的底细,只除了玉兰。而这个玉兰,我觉得她在这事上心术不正,所以我不能与她谈论。我觉得大家似乎是完全知情的,又似乎不太知情,实在是暧昧得很。想一想,这种事是很没意思的,我在此地生活了几十年,作为一家之长,对于发生在鼻子底下的事居然是麻木到了这种程度。就连家里的小孩,都早就介入了那件事。

心神恍惚之中,又走到了井边。小满也在那里,他同袁氏大娘一人坐一块石礅,正在交谈。

"我想说服小满从井口爬下去,这孩子很有出息。"袁氏大娘说。

"这怎么可以,他身上没有吸盘啊。"

"锻炼锻炼,就会长出吸盘来的。"

"不要你管,不要你管!"小满嚷着来推我,"管闲事的人真讨厌！"

我被他推着离开了井边，他还在横蛮地对我喊道：

"你走！走开！不要到这里来！"

我远远地看着那一老一小。我想，那究竟是一种什么样的境界，同我离得有多远呢？这两个人的行为，其实并不像走火入魔，倒像是遵循某种召唤、某种本能呢！现在他们走到井边那里了，正在弯下身朝下看，看一会儿，又直起身来说一会儿话，很放松的样子。也许像小满说的，我真的是在管闲事。一个人对于自己完全不了解的事，最好采取明智一点的态度，不要用那点可怜的常识来衡量。这种念头令我的全身冷冰冰的。袁氏大娘对我的态度也很奇怪，村里的人里头，她只同我说话，好像是将我当她的心腹，可是到了关键时刻，她就要撇开我了，她宁愿去相信一个小毛头。

路上的人多起来了，我不好意思再站在那里观望，就低着头往家里走。

有人在后面叫我，是金嫂。金嫂追上来问：

"华姑啊，你没有丢失什么东西吧？"

"没有啊。"我茫然地看着她。

"你脸上有些鬼气，我看了都怕呢。这个时候，你要把住关啊。"

"你说什么时候？"我更不解了。

"就是猴子的事。猴子要是都从地下涌出来，住到家里来，我们还怎么生活啊。"

她不想再同我聊下去，就走开了。这时我回转身，看见井边空空的，那一老一小都不见了。他们都没有吸盘，大概只能像蝙蝠那样抠住那些砖缝，一步一步往下移吧。想着袁氏大娘变成蝙蝠的形象，心里又觉得她很可怜。要是那一年，她同她哥哥一家一块下去了，她也就用不着天天坐在井边后悔了吧。

我终于抓住了小满，他咯咯地笑着，跳着，要从我手中挣脱。

"地下通道到底是怎么回事？"

小满停止了笑，变得严肃起来。

"哪里有什么通道，你不要听大满瞎说。是这样的，只要我闭了眼，什么都不想，然后用双手抱住脑袋，我就下去了。"

"下到哪里？"

"下到泥土里面啊。全是土，耳朵里都塞满了。眼睛呢，根本睁不开。我在那种地方好怕啊，我每次都以为自己是死了。"

"那你干吗还下去？"

"我能不下去吗？妈妈逼得好紧呢，我可不想做没出息的孩子。"

"蛙人又是怎么回事？袁太姥姥带你去看了么？"

"我倒是想看，可是袁太姥姥根本不带我去，她让我自己下去。她说我必须张开眼睛往井里跳下去，我可不敢。这比到地下去可怕多了。你看，她们都在逼我。有一回，蛙人上来了，袁太姥姥就要他给我讲了井底下的事。那人说着说着就把脑袋埋进了土里。你放手，不要这么死抓住我，我要哭了！"

我连忙放开他，他跳起来就跑掉了。这时我丈夫从门外进来了，老头子很担忧地看着我，也许他觉得我最近有些反常吧。

"其实人人都有忧心事。"他开口说，"就比如说钓鱼吧，未必每回钓上来的都是鱼。有时候，钓上来的是那种异物，那就一辈子都脱不了身了。"

"什么样的异物？"

我问这句话的时候感到自己真是白活了六十年，简直同三岁小儿一样。

"我说不出。表面上，并没有什么异常的。比如钓上一个玻璃瓶，一只两个脑袋的金鱼这一类的东西。我当场就将它们扔回了水库里。现在我的梦里头塞满了这些东西，弄得我根本就没地方躲了。早先，我还在我们屋子的夹墙里藏过身呢。"

"我们的屋子有夹墙!"

"是啊,老人们在战乱的时候修的嘛。我母亲告诉过你,你全忘了。"

我不好意思继续追问老头子,他的烦恼都是真的,我看得出来。可是平时,他多么善于伪装啊。为什么家里人都在对我演戏呢?他又说,也难怪我忘了家里有夹墙,因为砌墙时没有留下一个进去的口子。再说也没必要留,这种夹墙本来就是供人做梦时进去躲藏的,而人在梦里要进入封死的夹墙易如反掌。说到这里,他脸上甚至泛起了兴奋的浅红色。

我糊里糊涂地就活了六十岁,直至最近,我才发现了一些不合常理的事。回忆起来,在我年轻的时候,这些事就曾显出过某种端倪,只是因为我太懒散,注意力也太不集中,它们就被我忽略了。然而这些事物是不可能消失的,也许除了我之外,所有的人全明白这个道理。它们在暗地里孵化着,繁殖着,越来越多,占的空间越来越大,于是就破土而出,混迹于人群之中,使得很多人都对它们司空见惯了。

玉兰的眼睛居然像猫眼一样在黑暗里发出绿光。她没有开灯,也没有睡下,却是衣服穿得好好的坐在铺上。她经常令我产生幻觉,觉得她根本不是我女儿。

"妈妈,你伸手过来摸摸我的腿吧。"她说。

我挨着她坐下,伸过手去。我什么都没摸到。我已经有了思想准备,所以虽然吃惊,也并没有习惯性地恐惧起来。毕竟,这是我女儿的声音,我看见她的眼睛了,还有她的身影。她肯定是在这屋里。

"你不要把小满逼得太紧啊。"

"你全知道了?"她笑了笑,"我们的房子据说有三百多年了,当初他们为什么要造这些夹墙和地道呢?我还没有想通。即算造了这些东西,悄悄地,不让后人知道也不会有事啊。而现在,我们这些上面的人好尴尬,进又进不去,出又出不来。"

"妈妈,我在这里呢。"声音是小满发出来的,他像是被装在一个瓮里头。

我很难受,霍地一下站起来离开了她的卧室。

客厅里的灯光很亮,像有客人要来似的。

"她下去了呢!"我听见女婿在说。

"谁?下到哪里?"

"袁太姥姥啊,她巴在井壁上一动不动了。"

一夜我都醒着。天刚亮,我就同大女婿一块去井边打水。

我们都看见了她。她穿着白衣,巴在井壁上。也许,她真的有吸盘,要不早掉下去了。来打水的汉子们也都看见了她。

  第二天、第三天、第四天仍然如此。井那么深，她是巴在近水的最下面，即算掉下去，也是掉在水里，她大概是会游水的，我们就可以将她捞上来。我想，她也可以去她兄弟家看看，同他们一起生活也不错吧。可是她，几个月过去了，还是巴在同一个地方。要是她死在井里，我们就不敢喝井水了。她没有死，我们就还是照常去井里取水。

庭院

年复一年,我总想去访问一个那样的地方。那是一个深深的庭院,院里有银杏树。要在树叶覆盖的小道上走好久好久,才会到达青砖砌成的两层楼房。当我在梦里看到那个庭院时,我就在心里说,哈,又是它!我究竟在哪里见过它呢?每次都是这一式一样的幽深小道,小道两旁长着参天古枫。可是我真的说不出到底是在哪一次见过它们。也许是因为梦醒之后,一切都忘得干干净净。我为不能确定自己的记忆而沮丧不已。

星期五,我的同事景兰来了。景兰近几年衰老得很快,先前的一头秀发不见了,露出半个秃顶。景兰属于那类没有体味的人,他坐在我对面,他身上的制服散发出肥皂的味儿。他有好几套各式各样的制服，就是在夏天，他也穿着这种衣服。

"这是很正常的，不必为此而焦灼。"他说，"虽不能确定，但能感到事件的连续性，这对你很重要。要是你没改变想法，下个星期我可以带你去那里。"

"还是有那么一个地方吗？"我吃惊地问。

"当然有。人不会无缘无故就做梦的。"

景兰的指头枯瘦细长，当他说话时，那些指头在桌面上弹奏着听不见的音乐。从他脸上看不出任何表情。我的这位同事总是神出鬼没，有时一连失踪好些天，班也不上，却没有人追究他。

景兰走了之后，我激动得不能自已，什么事都干不成了。我努力地回忆，想记起庭院里那栋楼房后面的一个天井的样子。我仅仅记得那个天井不大，湿漉漉的墙上长着青苔，其他的我就想不起来了。隔了一会儿，我又觉得那种样式的房子是不可能有天井的，一定是我将另外的记忆插到这个庭院里头来了。说不定那个记忆来自我十年前写下的一本书。那么是我写的哪本书里头有天井呢？我又细细地梳理关于书的记忆。似乎是，我从未写过天井。那院里很阴暗，有些颓败，当你走在长长的小道上时，你没法确定前方究竟有没有那栋两层的青砖小楼，因为它被大片的洋槐密密实实地遮住。我在心里打定主意，如果景兰带我到了那里，我一定要去那楼上坐一坐。我是否去那里头看过了呢？我没有印象，却老是认为客厅的墙上有一幅寿桃的水墨画。

然而景兰来过我家之后就失踪了。他没去上班，公司里也没人问起这件事，他在公司里是一个特殊人物。这一失踪就失踪了半年，多么漫长的半年啊。我都差不多已经快把自己和他之间的约定忘记了。

星期二，景兰突然又出现了。他进屋时天已黑下来，他在屋里站了不到两分钟就催我快走。当我匆匆同他走出门时，我才发现他衣服左边的袖管空空地晃荡着。

"天哪，你怎么搞的？"

"喂了狼了。在树林里，它要来咬我，我就给了它这只胳膊。是一只母狼，眼神比较忧郁的那种。不说了，要快走，不然那里就要关门了！"

"那里到了夜里就会关门吗？"

"是啊，里面住的那家人家有这个习惯。"

"我从未见过里头有人！"

"你不是连去没去过也不能确定么？"他的声音有点嘲弄。

"我？啊，你要带我去的可能是另外一个地方吧。"

"就是那个地方。"他强调说，"你看了就知道了。"

我惴惴不安地跟在他的后面。我们七弯八拐地在小胡同里穿行，一会儿就到了景兰的家。景兰家我只来过两次，最近一次距现在也有五年了。这座房子的式样很怪，先前只盖了两层，后来因为住的人多起来，便又往上盖了三层，而且上面的楼层比下面的还要大，因为怕坠下来又修了几根水泥柱支撑着上面那凸出来的一大块。我不明白景兰为什么要先将我带到他家里来。

楼里头吵得很厉害，似乎正在开舞会。我有个感觉，仿佛那窗口里晃来晃去的不是青年男女们，而是一些巨大的蟒蛇在灯光里头乱舞。实际上，隔着玻璃窗我分辨不出那到底是什么。

景兰的家在这座大房子的东头，是属于后来加盖的那三层中的一套，在四楼。我记得上次来的时候，我走在他家的地板上感觉到有点摇晃，当时他说："习惯了就好了，这房子垮不了的。"我们进了房之后，景兰没有开灯，他说怕吵醒了他老婆。我感觉自己就像在一条大船的甲板上一样。景兰在黑暗中凑近我的耳朵说，等一下就要出发，然后他就进卧室去了。他在里头不断弄出响声，像是在清理行装。

他终于弄完了，但他并没有马上和我走，而是又到另外一个房间去了。我记得他家除了客厅外还有三间房。他进入那间房之后仍然没开灯。忽然，我听到一声奇怪的巨响，那是一张被锈住的大铁门重新开启时发出的声音,既刺耳,又意想不到。接着景兰就在房里大声叫我了。

我同他并排站在铁门的门口,我吃惊得说不出话来。门外是一条无限延伸的地道,但它又不是真正的地道,因为那"地"其实是钢板连接的吊桥,桥上面的三方都是封闭的拱墙,微弱的灯光照着桥面,桥下却是空的,透过钢板的接缝可以看到下面是一片刺眼的白茫茫。

"这是怎么回事啊?"我问景兰。

"时间不早了,你去还是不去啊?"

"我当然要去。"

于是他粗暴地将我用力一推,我就跌倒在铁桥上了。慢慢地,我开始习惯桥上的晃荡了。抬头一看,景兰已经将通往他家的铁门关上了,他自己也进去了。我试着扶住边上的拱墙站起,一会儿就成功了。我往后退到景兰家的铁门那里,用拳头去擂门,又用脚踢。铁门纹丝不动,一点响声都没有。回忆刚才的情形,似乎是,他想让我从这吊桥去我想去的地方。我从来不知道世界上还有这样的桥,然而在这上头走一走又何妨呢?即算走不到我心中的那个地方,退回来再请求景兰开门总是可以的吧?这样一想就决心尝试迈步了。

桥虽是钢铁制成的,可只要我有所动作,它就厉害地晃荡起来,我只能扶着拱墙一点点地移动。这桥像个敏感的、懂得我的心思的家伙,死死抓住我的注意力不放。

我不敢从钢板的缝里往下看,我要是看的话,一定会晕过去的。我就这样扶墙走了好久,越走越怀疑自己的举动,而且我的双臂也越来越酸痛得厉害。这时我停下来看了看手表,才一点二十分,还是半夜呢。我想,我还是回去吧,这种没有尽头的铁桥,怎么会通向我梦里的静谧的庭院呢?要是再不回去,我的力气就要用完了。于是我又扶着墙往回走。

不知过了多久,累得头昏眼花之际,我听见远处有人惊呼着火了。这种钢铁的桥和水泥的墙怎么会着火呢?不容我多想,滚滚的浓烟已从桥的前方涌过来了。很奇怪,这种烟并不呛人,只是弄得你什么都看不见。我干脆在桥上坐了下来,伏着花格的铁栏杆打瞌睡。反正走不了,心里也就不那么着急了。时梦时醒中听见有人在旁边讲话,是两个女孩子,她们似乎是在我右边的房子里面,一会儿进屋,一会儿又出来,老在那里走呀走的,说话声也老不停止。我挣扎着醒来想看她们一眼,可是我眼里只有那些烟。我摸了摸桥面的钢板,心里明白这种地方不可能有房子。还没容我想清这种问题,我又疲倦地睡着了。一睡着,那两个清脆的声音又在耳边说话,她们说的是我很熟悉的一个案件,那案子拖了好多年,结不了案,后来主要嫌疑人突然失踪了。两个女孩子,居然对这种事有莫大兴趣,分析来分析去的。她们进屋时就将那张木门弄得吱呀一响,出来的时候则轻轻掩上,看来是两个注重细节的女孩子。要不是隔着这些烟的话,说不定我已经同她们认识了呢。

我再一次醒来之际,突然就置身于她俩所在的茅屋了。我知道我的身体还在桥上,因为我的手摸到冰冷的钢板。但我为什么清楚地看见了这间茅屋和这两个女孩呢?现在我知道了,她们已经不是女孩,而是四十多岁的中年妇女,她们只是嗓音像女孩罢了。也不知为什么会有这样的嗓音。她们似乎也看见了我,但她们究竟是看见了我这个人的身体,还是看见了一个什么别的影像呢?两个女人的样子都有点凶,有点目中无人。瘦一点的那个似乎更为警觉,反应特别快。茅屋里只有两把椅子,她们一人坐了一把,我站在门边。坐了一会儿,两个女人都从口袋里掏出小镜子和木梳,对着镜子梳起头来,一边梳头一边聊天。

我一动不动地站在屋里听,她们说的每一个字我都听清了,但我就是不知道那是什么意思。这并不是说我不懂她们的语言,她们用的语言同我用的语言是一样的,而是我的脑子出了毛病,对那些话反应不过来。我眨巴着眼用力听了好久,只记住了几个词,它们分别是:"河"、"亭子"、"笔记本"、"雨伞"。这时瘦一点的女人从椅子上弹了起来,机警地推开门,朝门外看了看,然后回转身来朝屋里这个女人做了个手势,于是两个女人一齐出去了。我发了一会愣才意识到应该跟她们走。

门外是山间小路,我远远地跟着那两个人,我听见她们在大声说笑。她俩不好好走路,居然争吵、扭打起来了。胖一点的女人将瘦一点的女人摔倒在地,瘦一点的就坐在地上哭起来。当我走过去到了她们面前时,瘦一点的女人忽然发狠地说:

"这下可全完了!你看这个人多么起劲地跟着我们啊。"

她这句话我倒是听懂了。

天阴了下来,有点要下雨的迹象,胖一点的女人提议到亭子里去躲雨。于是我果然看见前方有一个亭子。那亭子看着很眼熟。待我们快走到亭子前时,雨就下起来了。我们三个人都跑步冲进了亭子。进了亭子我才看清这并不是一个亭子,而是一个同主屋相连的室外的门厅。穿过走廊我们就进了主屋。房子很高,显得空荡荡的,家具上蒙着灰,大概有段时间没住人了。门响了一下,那两个女人走进一间内室就不见了。

我撩开客厅的窗帘看外面,外面雨蒙蒙的,并没有什么山,周围的环境看上去有点像景兰家那一带。我心里有点高兴,但是那种晕眩的感觉又涌上来了。我明白我并不在这个屋子里,我还是在桥上,栏杆那铸铁花格上的毛刺弄痛了我的手背。说老实话,这种晕眩的虚无感太不好受了,我倒宁愿回到桥上去。我用力看,怎么也看不见自己的身体,我也摸不到自己的脸。烦恼之际我看见了旋梯,我就顺着梯子上到二楼。我,一个没有身体的透明的影子,现在正在楼梯上。楼上是一个用玻璃封闭起来的平台,玻璃成拱形,整个平台亮堂堂的,雨打在玻璃上,发出好听的声音。那两个女人正坐在一张桌子旁喝茶,她们大概上来有一阵了。我虽然没有身体,但她们立刻就看见了我,同时站起来瞪着我。我站在离她们较远的楼梯口。我感到自己是不速之客,就转身下楼。我听见她们在我背后放声大笑。是讥笑我没有身体吗?我愤怒起来了。

外面下着雨,我即使看不见自己的身体也不习惯于走到雨里头去,而且这雨不像会停的样子。我只好在客厅里乏味地游来游去。在客厅的右边,那两个女人刚才进去的内室旁边还有一张小门,我用手推了推它就敞开了。是一间没有窗的房间,黑得很。我正要将门带上,里头就有人说话了。

"我姐姐她们不让你上楼吗?"是景兰在说话。

"谁是你姐姐啊?"我心中一喜,连忙朝他靠近几步。

"就是楼上那两位女士啊。"

我的眼睛已经适应了房里的黑暗,但我并没有看见景兰,他在哪里说话呢?

"哈哈哈!你不要找我了,我同你一样嘛。"

"景兰你告诉我,为什么我觉得这个地方很像你家附近呢?"

"这就是我家附近啊,我们不是刚刚才分手么?"

我想了想,觉得他没说错。我们在他家里时,他说让我去看我想看的那个地方,于是我就来到了这里。这里是哪里?是我梦见无数次的地方吗?也许真的是吧,这房子虽不是青砖瓦屋,也可以算作两层的楼房。那么外面有庭院吗?有银杏树和小路吗?雨下得这么大,什么都看不清。如果不过分挑剔的话,倒的确可以说我已经到过了梦中的庭院。可是我对自己不满,因为我的身体没来,我的身体在铁吊桥上,我已经脱掉了鞋,我的赤脚踢着吊桥边上的栏杆。

"到过一次这种地方,就回不去了。"景兰的声音有点幸灾乐祸。

"那我还不如不来。"

"已经晚了,你早就应该想好的。"

我有点后悔,因为我想访问的不是这种蒙灰的房间,我也没想到自己会失去身体。

"你伸出手来。"景兰在暗处对我说。

我从铁桥的栏杆上缩回我的赤脚,将双手伸向眼前的烟雾。我的两只手立刻被景兰的手捉住了。原来景兰的手已经变成了铁的手铐，我被铐住了。

"这样就好了，你不会胡思乱想了。你听楼上那两位又在说你，她们从早到晚都在说你的事，所以你就以为自己先前到过这里了。"

"我很厌倦！"我冲口而出。

"瞧，雨停了。这就是生活，一个人的生活。"他的声音变得很严肃，"我的家族里的人全住在这个屋子里，你没想到吧。这个家和我外面那个家只不过是一墙之隔，这件事你十年前就知道了。"

我和景兰边说话边朝台阶上走去——两个没有身体的人在空中交谈。

我对景兰说没有身体很难受，景兰笑了笑，要我看前面。

雨雾已经散去，一条狭长的小道清晰地显现出来，但是小道的两旁没有古银杏树，只有一些我没见过的红叶灌木，小道的尽头似乎是森林。景兰的姐姐的声音从楼上传来，她们果真是在谈论我。两个人的意见好像相反，说着说着又吵起来，然后其中一个又哭了。我听了之后感到很窘，就扭了扭身体，这时桥上的景兰就将我的手铐得更紧了，我差点发出了尖叫。我感到这是一个让人发狂的地方，我是不是已经发狂了呢？现在我很想躲开景兰,但又躲不开。我的一举一动,包括隐秘的念头,他全都看得清清楚楚。而我的身体,在铁桥上被他紧紧夹住了。正在我打着逃亡的主意的当儿,他一下子伤感起来了。

"你为什么非要到这种地方来呢?"他那带哭腔的声音同他的两个姐姐一模一样。

我立刻感到手腕上的那副手铐去掉了,于是我扶着拱墙站立起来。桥头的那张铁门好像一直就没关过似的敞在那里,我快步走出铁门,景兰正笑容满面地站在他家的客厅里迎接我,他的老婆则在摆桌子准备晚饭。隔壁传来震耳欲聋的摇滚乐,地板像浮桥一样起伏,一只家鼠昏了头,在桌子下面乱窜,最后终于窜进了鼠洞。

"住在这种房子里给人一种紧迫感。"景兰的老婆对我说。

景兰的头发乱糟糟的,目光狂乱,我觉得他冷不防就会从房里冲出去。我坐下来开始吃饭,竭力想回忆起经历的事情,但我只隐隐约约记得一些片段。我不断地瞟着自己手腕上的淤伤,希望引起他俩的注意,可他们就是不提这件事。

我听见墙壁发出嚓嚓的破裂声,景兰的老婆眼里掠过一丝吃惊,但她马上又冷静下来了。她站在浮动的地板上镇定地为我们盛汤,盛完汤,她就离开桌旁,走到厨房去。那起伏的地板应和着她的脚步的节奏,我简直看呆了。

"我老婆先前是个美人。"景兰说。

"是啊。"我由衷地赞同他的话。

在炸雷似的轰响声中,主墙上裂开一条宽缝。

盗贼

　　胡三老头对于自己身患绝症这件事并不悲观。他躺在藤椅里头晒着太阳，在脑海里不停地演习着夜间将要发生的恶斗，冷笑始终留在他的嘴角。胡三老头虽然瘦得厉害，但骨骼粗大的身躯仍然很有力气，做惯了体力劳动的双手骨节像肿了一样凸出着。他闭着眼，似乎在休息，可是他那双手的细微活动泄露了他内心的紧张。我知道他没有一刻不处在阴谋的旋涡之中，他的绝症反而在他心灵里注入了兴奋剂，使他变得像毛头小子一样好斗。

　　我的影子刚刚落到他的藤椅的扶手上，他就睁开了眼。

　　"新元，你昨天是躲在饭店大门口的石狮子后面吧，我全看见了。躲什么呢,你应该站出来嘛。昨夜月亮那么好,就连青蛇也出洞了。"

"我不习惯暴力,三爷。"我恭恭敬敬地说道。

他对我不耐烦了,摆着手叫我走开。这时他家的窗户开了一边,他儿媳妇探出脑袋来看了看他,立刻又关上了窗。我觉得,他的家人同他保持着一种紧张的关系,好像生怕他闹出大乱子来似的。在我的印象中这一家人(两个儿子儿媳,外加两个孙子)都是孤僻阴沉的性格,令人窒息的那种。但胡三老头是他们家的例外,他喜欢将发生在自己身上的事讲出来,有时对陌生人也讲。

胡三老头有很多敌人,那些敌人都是从城外流窜到街上来的贼。好多年以前,这些贼什么都偷,有时还会仗着人多势众手执武器对街上的居民来一场洗劫。胡三老头一家搬来之后(那时他老婆还在世)情况就大大改观了。胡三老头会武术,而且不怕死,他带领街上的年轻人同那帮贼子较量了几个回合之后就占了上风,于是我们街上有了太平景象。不过那些贼子阴魂不散,他们似乎在等一个转折的契机,以重返过去作威作福的好日子。两年前,胡三老头患了癌症,开始这个消息是隐瞒着的,后来却不胫而走,贼子们认为反扑的时机到了。我一直怀疑患绝症的消息是胡三老头自己泄露出去的,他的家人不可能做这样的事,再说他们对街坊有种发自心底的鄙薄。那么，胡三老头为什么要做这样的事呢？这两年，因为日子过得太平，从前跟随胡三老头抓贼的那些人早就把这事忘记，各人忙各人的去了。所以面临贼子的反扑，胡三老头只能单枪匹马地同他们斗，而他又是一个患了绝症的老头。我在心里暗暗地为他焦虑。

我之所以这么关心胡三老头，是受我妈妈的影响。我小的时候，妈妈总是说起胡三老头高强的武艺。在她眼里，胡三老头是神。据说我出生前，家里的金条被贼子偷走了，当时妈妈痛不欲生。胡三老头搬来之后，那些贼就从街上消失了。更神奇的是，我刚出生不久后的一天，那些金条又回到了我们家中。小时候听多了妈妈的故事，我曾下定决心长大之后要学习武艺，成为胡三老头那样的人。无奈我从小体质孱弱，不要说习武，就连学吃饭都学了好多年。一开始吃什么吐什么，胃里头总是空着，小脸像条苦瓜。妈妈想了好多办法才让我养成了一日三餐的习惯。然而我还是各种疾病不断，既不能干体力活也不能干脑力活，简直是个废物，也不知是如何长到十七岁的。起先我在胡三老头面前非常自卑，总是脸红。但胡三老头待我十分亲切，一点都不歧视我，所以我很快就同他混熟了。他并不知道我对他的崇拜，他多半以为我只是好奇。"你也可以同贼子搏斗的，只要你有心去做。"他常这样对我说。于是我就会幻想起来,觉得自己离体格健壮的那一天不远了。

得知胡三老头患了绝症那一天,我躲在家中的杂屋里哭了好久。我眼睛红红地去见胡三老头。他从躺椅上撑起来,盯视我良久,摇着头说:

"你这个小傻瓜。"

然后他又问我:

"你打算什么时候同贼子们搏斗呢?"

当我说我希望同他一道去参加搏斗时,他否决了我的念头。

"这种事你要一个人干,不要依赖,依赖是成不了事的。"

我说我一个人什么也干不了啊。

他看着我沉思了一会儿,最后说:

"你会明白的。"

患了绝症的胡三老头总是躺在屋门口晒太阳。只有我知道他根本没睡着,他闭着眼在那里搞格斗演习。因为我每次靠近他他便谈起夜里的事。

胡三老头往往在过了午夜之后才出动。那时我从家里溜出去,蹲在街边看他的好戏。

胡三老头站在街道当中,叉着腰,等待着敌人。敌人总是从正面攻击他，有时是一个，有时是两个，很猖狂地吼着向他冲去。胡三老头并不主动出击，只是顽固地站在那里，采取防卫的姿势。几个回合之后，敌人就溃败了，骂骂咧咧地消失在黑暗之中。敌人离开之后，胡三老头像是垮掉了一样，捂着肝部（他患的是肝癌）大声呻吟，一步一挪地回到家里。也有那种时候，敌人在街对面潜伏，始终不露面。这时胡三老头就显得有些急躁了，我看见他开始同空气搏斗，使出拳术的招式，直到将自己弄得精疲力竭。当他精疲力竭地坐在地上之际，敌人就悄悄地溜走了。也许敌人根本没来吧。反正我没看见。但胡三老头并不这样认为，他从地上爬起来，警觉地看着街对面的那个厕所，一步步地后退着，退进自己的家门。这种格斗对于躲在暗处的我来说是最没意思的，整个后半夜我都会紧紧地捏着拳头，在想象中完成未曾在胡三老头身上发生的格斗。我这样一个孱弱的人，害怕现实中的暴力，却喜欢将自己设想成胡三老头似的英雄，这是连我自己也没料到的。

绝症毕竟是不可逆转的，胡三老头现在连走路都费力了。他在太阳下面颤抖着，为了掩饰身子的摇晃，他走两步又停一停。他身上的肌肉一点点地被体内的病菌吞噬，就连骨头也好像缩细了。他经过我面前时，就眯起眼来看我，好像认不出我了一样。

"你是新元,"他说,"你身体不好。"

我羞愧地红了脸,手心直出汗。

他摇摇晃晃地过去了,后来我看见他身子靠在那棵老樟树上头。

"三爷,要我帮你吗?"

"要。可是不是现在,是夜里。夜里你在哪里?!"他的语气严厉起来。

"我不敢。我的腿子直抖。"

"哼。"

"妈妈,我生下来怎么这么弱呢?"

"你生下来并不弱。你吃什么吐什么,才变成这个样子的。你的肠胃不好。"

"要怎样才能肠胃好呢?"

"有的人天生就不好,一辈子也好不了。你不满意吗?"

"没有什么,问问罢了。三爷原先肠胃好,又能怎么样?"

"他可是一位英雄!"

妈妈的语气里有深深的责备,她始终忘不了失而复得的金条。是因为那些金条,我十七岁了还过着游手好闲的日子,白天不干活,夜里不睡觉。我想,妈妈养着我这样一个废物,一定特别心烦吧,可她掩饰得多么好啊。

街坊们都将那些随手放在门口的家庭用具收进屋里去了。我还注意到,天一黑,他们就将大门用木栓插得死死的。他们知道小偷又开始猖獗了,但却没有年轻人再同胡三老头一道抓贼子了。也许他们认为胡三老头快完蛋了,担心同他一起干会遭到报复吧。"英雄只能有一个",这是妈妈告诉我的。胡三老头又能坚持多久呢?

当我犯了错误的时候,妈妈就会急切地对我说:

"新元啊,你跟了三爷去吧,我和爹爹都想要你跟了三爷去。那样的话,你就是死了也是值得啊。现在这种样子你有多么苦。"

"我要怎样才能跟了他去呢?他家里又没有我住的地方。"

母亲想不出要怎样回答我,就急得直跺脚,我赶紧溜出去了。

我懒懒散散地在街上走,我看见烧饼铺后面有小偷。那人看见我后,就装作买烧饼的顾客。我认得他,他的一只眼被胡三老头击肿了,一副惨相。我走过去坐在他的对面。

我注意到这人的咬肌十分发达,他咬烧饼的样子令我想起老虎咬兔子。这个人五短身材,十分结实。他怎么会打不过身患绝症,瘦得如骷髅的胡三老头的呢?

"你们这个地方,夜里太冷清了。"他突然同我说起话来，眼睛死盯着我。

"可是也有的人夜里不安分呢。"我提高了嗓子，想引起店老板的注意。

我全身抖得像筛糠一样，心里恨不得自己的身体就此消失。

汉子站起身，一声不响地离开了。

店老板走过来，摇着头说道：

"你这个小孩啊，身体有病。"

我把这件事告诉胡三老头，胡三老头虚弱的身体就在藤椅上动起来了。

"那个人，其实已经死了，你同他说话时，没感觉到他身上的鬼气吗？他是不会离开这个地方的了。但是有一些人离开了，我真想念他们啊。从前他们离乡背井来到这里，真正留下来的可不多。开始时，我每天夜里都要对付几十个呢。"

他用力坐了起来，我看见他的背上在出血，衣服都被染成了暗红色。他让我搀他一把，我照办了，他的身体可真沉啊。我想，他身上的肌肉一点点消失之后，那些骨头就变成石头了吧。胡三老头站稳以后，突然朝前一扑，我听见了石头撞击石头的响声。我揉了揉眼，却看见他好端端地站着没动。

"他就躲在那里，"他指着前面说，"是我们的街坊将他引来的。我的拳头砸到他脸上的时候,心里一阵心酸。要知道这个人,他家里也是上有老下有小的啊。当然,他从我拳头下面溜掉了,他才不会硬碰硬呢。这些人,刮秋风时,他们就缩得像树叶那么薄了,都可以飞起来了呢。"

我没料到他是这样看待那些贼子的,我一直认为他对他们怀着深仇大恨呢。难怪他夜里并不主动出击,只是站在街当中招引他们。但他为什么要招引他们呢?他似乎对这种事有瘾。也许,这就是妈妈为什么称他为真正的英雄?我决心向他说出我心里长久的疑问。

"三爷,我家的金条是怎么一回事呢?"

"那是他借用的,那个穷汉子。要是没有你家那些金条,他早就走了。那个人可是出色的人才。有一天,他差点要了我的命。"

胡三老头家的窗户又打开了,又是他的儿媳妇。年轻女人向街道两头看了看,皱起眉头来。接着她就向我招手,要我过去。胡三老头尴尬地站在那里,不知如何是好。我过去了。

"老头子身上有尸臭,你闻到了么?"她说。

"没有啊。"

"我实在是不能忍受了!"她发出尖叫,像是要从窗口跳出来攻击我一样。

我吓得转身就跑,跑出好远之后回过头一看,看见胡三老头和他儿媳妇并排站在屋门口说话。我太容易被惊吓了，可能是由于体质太差了吧。就在不久前的夜里，我看见这个儿媳妇，还有胡三老头的儿子，他俩一道将家里的东西往外搬。莫非他俩同贼子串通一气？他们抬的是一口雕花的大箱子，看上去里头装的东西很贵重。当时我正在观看胡三老头同贼子格斗，没注意他俩将那箱子抬到什么地方去了。我还记得我当时很气愤，脑子里掠过"家贼难防"这几个字。

　　胡三老头的家人都具有攻击性，他们属于我不能习惯的那种人。当然他们不随便攻击人。可以说他们从不主动惹事。只有当你对他们的生活发生兴趣，去同他们接触的时候，攻击才会发生。我十岁那年，胡三老头同我在他家门口玩扑克牌，我们约定玩输了的就钻桌子。结果当然是每次都轮到我钻。在第八次从桌子下钻出来时，我看到胡三老头家大门里头有非常吸引人的景象。小小的铺了花岗岩的院子里的地上摊满粉红、橘红、深红、洋红色的织锦缎，整个院落里焕发出美丽的华光。我忍不住跑了进去，一脚就踩在那些缎子上头。里头的四个人突然拥了出来，将我捉住。后来的事我就完全忘了，也许是因为太丢人才忘记的吧。我只记得是父母将我领回家的，我屁股上的伤使我一个月都出不了门。那件事之后我仍然在这条街上同胡三老头的两个儿子和儿媳相遇，他们那种内敛的、谨慎的样子丝毫不能引起我关于暴力的联想。

胡三老头虽然爱说话，却对我挨打的事不闻不问，他是有意这样的，大概他不想背后说家人的坏话吧。那以后他对我的态度更亲切了。他总是坐在门口，一张矮方桌摆在面前；我总是去他那里玩扑克。后来我的目光已经不再往那张大门里头打探了，那次挨揍的经历使我对院子里的秘密彻底失去了兴趣。昨天，胡三老头突然对我诉起苦来，这在他是从未有过的。他躺在那里，抖得厉害，我听见他的骨头啪啪作响，连他的眼球都好像变成了瓷球，在眼眶里擦出嚓嚓的声音。

"他们要我去死。这本来很好，可他们又不让我轻易死掉。他们要我受折磨，折磨！你懂吗？哼，你不会懂的！"

他一下子又发怒了。我非常同情他，同情得心都痛了。想起屋里那几个凶残的人我就害怕。不过我注意到胡三老头并不像我这样看待他的儿子儿媳，有时候，我甚至觉得他同他们有默契，这是怎样一种古怪的家庭关系呢？他们看着他时总是那种担忧的表情，可是到了夜里，当歹徒们冲上来袭击他的时候，他们绝不过来帮忙。我问过一次胡三老头，他告诉我说，那个时候正是一家人睡得最熟的时候，他们当中的任何一个都根本不可能醒过来，看见所发生的事。再说他根本不要人来帮忙，他最厌恶的就是这种事。

"比如你，你要是站出来我会很高兴，但绝不是来帮我，你应该自己参加格斗，这样的话你就会变成一个肌肉发达的汉子。"

我想不出我如果"变成一个肌肉发达的汉子"是怎么回事，也许就要经受暴力吧，那可是我最害怕的事。于是我又为我的孱弱感到庆幸。

妈妈却对胡三老头的家人有完全不同的看法。她在我耳边唠叨说，他家二媳妇又贤惠，又面善，还说最关心胡三老头的就是这个二媳妇了。说到大儿子，妈妈也是赞扬的口气，说他"彬彬有礼，遇事沉着"，还说他是家里的主心骨。

"妈妈你忘了我挨打的事了？"我气恼地提醒她道。

"那是你自己摔的，你的记性一点都不好。"

她坚持说胡三老头有一个和睦的家庭。她说得多了，就连我都有这种印象了。但是我还是不敢偷看那个院子，我每每移开我的目光。有一天，大儿子从门里出来，昂着头走向汽车站去坐公共汽车。胡三老头盯着大儿子的背影，眼神里满是绝望。一刹那间，我又推翻了从前的结论，认定胡三老头在家中受到迫害。我刚下完这个新结论，又听到胡三老头在说：

"他在这种家庭里做一个当家人该有多么痛苦啊。"

真见鬼，究竟是怎么回事啊。

胡三老头的长孙玉伟从不用正眼看我，也许他认为我是寄生虫吧。我经常去那家店里领一种劈莲子的活。就是将干莲子的壳劈开，拣出莲子肉。我只能干这种活。我排在队伍的后面，一会儿玉伟就来了。玉伟只有八岁，他也会干这活。

"你想要我爷爷死吧？"他突然对我说起话来，乌黑的眼珠滴溜溜乱转。

我待不下去了，拔腿就跑。玉伟冲过来挡住我，还有些人也过来挡住我，我一下子感到事情严重了。后来我瞅住一个空子跑了出去。

玉伟追上来了，他逼尖了喉咙叫我停下，我真的不由自主地停下了。

"你一定想把我爷爷弄死！"他气急败坏地喊道。

路人都在看我。我的脸一定是发白了。

"是你们全家要三爷死！三爷亲口告诉我的！"我发狠地喊了出来。

但我立刻又后悔了，我同一个小孩这样闹，不是太出丑了么？一瞥那些路人，他们果然都在嘲笑地望着我。

玉伟简直像个鬼。他竟笑起来，对那些路人说：

"你们看,你们看!这个人长得多么丑啊!他什么活都干不了,他劈莲子都要劈到手上……"

我没听他说完就跑远了。我回到家里,心里说不出的沮丧。我怎么连一个八岁的小孩都怕呢?这个玉伟,今天为什么要盯着我同我过不去呢?

"新元,你把莲子放在哪里了?"妈妈问。

"我没领来。那边有人要陷害我。"

"唉,新元啊新元,你已经十七了,怎么还是这样没有定准呢?"

妈妈颓然坐在板凳上,眼睛发了直。我一定是伤了她的心。

"妈妈你告诉我,那些金条究竟是用来干什么的呢?"我鼓起勇气提出这个问题。

妈妈站起来,缓缓地对我说:

"新元啊我问你,你觉得三爷的日子过得苦不苦啊?"

我点了点头。

"那么,你怕不怕那种生活呢?"

我说我不知道。

"你应该知道!"她的眼睛冒着火,"十七年来,你自由自在,从来没人伤害过你,什么责任都不用担,不就是因为那些金条么?我说过,我还要说,这个世界上,只有三爷是英雄。三爷家里的人就是英雄的亲属,你怎么敢随便说他们的坏话?你天天夜里从床上爬起来,到外面去看三爷,可是那些拳头一次都没砸到你身上来过,你以为这是偶然的吗?"

她的声调越高,我就越觉得自己丢脸。也许应该去死的是我,不是三爷。生平第一次,妈妈对我发了火,她举起扫帚打在我的头上。当我发出哎哟的尖叫时,她像疯了一样,打得更凶了,于是我从屋里逃了出去。

被赶出家门之后,我没有地方可去,就在街上溜达。不知不觉地,我又走到了胡三老头的门口,否则我还能去哪里呢?胡三老头躺在树下,胸口一起一伏地喘着气,两只眼球血红。看见我之后,他竭力做出一个笑容。他的二儿子阴沉的身影出现在门口,后来他极为蔑视地看了我一眼,又进去了。我听见院子里有人在笑。

"他们提前哭起丧来了。"胡三老头说,"新元啊,你没路可走了吧?"

"是啊。"

"今天夜里,你来代替我吧。"

"我怎么能代替三爷呢?"

"应该可以的吧,你试一试。"

他说了这句之后就闭上眼,沉浸到他的念头里去了,他不愿别人多打扰他。

我走出我们的街道，来到市场。市场里头人头涌动，撞得我身上很痛。我不停地听到有人骂我"废物"。慢慢地我就习惯了"废物"这个称号。可是我不能老站在市场里，我快要支撑不住了，背上冷汗直冒，眼睛也花了。我赶紧从人堆里溜出来，蹲在一个卖烤红薯的小贩身边。小贩将一个滚烫的烤红薯砸到我怀里，我就狼吞虎咽地吃了起来。

"你不要做乞丐了。来帮我烤红薯吧。"

原来他把我看作乞丐了。

整个下午我都在帮红薯小贩洗红薯。我心里计算着，挨到夜里，看看他睡在哪里我也就睡在哪里。

胡乱吃了点晚饭后，小贩告诉我，他夜里不打算睡了，市场夜里有很多人在打牌，他可以将烤红薯卖给他们，他要干一通宵。

"你想睡觉你就睡吧，我不强迫你工作。"

"我睡在哪里呢？"

"我怎么知道啊。你可以睡地上嘛，我自己就常睡地上，你肯定也是的吧。莫非你给我帮了一下午的忙，就不再是乞丐了么？"

他显得伶牙俐齿的，我说不过他。看看渐渐黑下来的天色，我就在市场里四处搜寻，看看是否有可供我躺下来的地方。不幸得很，市场收摊后，到处都是光溜溜、硬邦邦的水泥地,变成了一个水泥广场。不要说软和一点的垫子,就连一块木板都找不到。小贩的铁炉子孤零零地留在广场边上,从高高的帆布的顶篷上零零星星地垂下来几盏电灯,将这黑暗的空地照出一个个的圆圈。我从未料到市场有这么大,这么空,因此心里很害怕。

走了好久,我终于来到了巨大的帆布篷的边缘,这里有一根铁柱,是用来撑帆布的。远远望去,小贩的煤火成了一个微弱的红点。这时我的脚踢到了木板,心里一喜。木板很大,是菜贩在白天摆蔬菜用的,木板上竟然还有一件工作服。我枕着工作服躺下去,伸直了我疲惫的双腿,立刻变得睡意蒙眬了。我似乎听到有人在远远的地方说话,但我还是睡着了。

我觉得那些人全是从我躺着的木板下面钻出来的,他们人数众多。两个五短身材的汉子将我拖起来站稳,其他的人就开始在我身上练拳击了。开始那几拳打在我的脸上,我的鼻子开了花,弄得满脸是血,然而并不怎么痛。后来他们又开始猛击我的胸口和肚子。我的肋骨本来就很脆弱,这一击,好像断了好几根。不过不要紧,我仍然可以立在那里,大概因为脊椎没有断。他们似乎有点厌烦,就停下来讨论。他们讨论的内容让我很吃惊。

"胡三爷太不够朋友了,把这种货色交给我们,我都快丧失信心了。"

"这种日子多么难过,我想回家……"那人呜呜地哭了。

"你这草包,哪里还有你的家啊?!"另一人恶言恶语地斥责道。

"胡三爷把我们骗到这里来,我们成了孤魂野鬼了。"

"可怕啊,可怕!"

他们只顾说话,都不来管我了。我趁机溜开去,艰难地往小贩所在的地方迈步。我眼里看见广场那边的一点暗红在晃动,可就是走不到那里。我走呀走的,其间晕过去几次,爬起来又走。这一夜也很怪,长得没有尽头。我看了看手腕上的那只表,发现指针已经停了。这时我又怀疑前方那一点暗红究竟是不是小贩的炉子,因为那里根本就没有人影。向后一看,刚才打我的那一群人跟在我的后面。他们要干什么呢?我走,他们也走,我停,他们也停。我胸膛里有什么东西往上涌,就咳了两声,吐出一大团东西。我一看,那团东西像是我的肺叶,看来我被他们打坏了。后来我干脆坐在水泥地上,我要把发生的事再想一想。

这个市场,本来是我熟悉的地方,我记得这里搭着铁皮的顶篷,顶篷下人来人往;我还记得它是方形的,里面摆着一长条一长条的菜摊。可是今天夜里,这个市场的面积扩大了好多倍,顶篷成了帆布的,高而又高,用一些很长的钢柱支撑着,从那上头吊下来的电灯像鬼的眼睛,而整个市场不知怎么变成了圆形。

我知道我身后的这些人都是盗贼,可面对面之际,我却一个都认不出来。刚才听他们说,是胡三老头把我交到他们手上的,我却记得是我自己走到市场来遇上他们的。要是早知道挨打并不那么痛苦,我也就不会害怕到那种程度了。反正死不了,肋骨断了我不是还能走吗?现在我有点明白为什么胡三老头已病入膏肓,却仍然可以与人格斗了。一件事没发生的时候,你怕得要命,你身上的疼痛也被无限放大。到事件真的发生了,你成了主角,疼痛反而消失了。

我就这样坐在地上胡思乱想。那群人大概是对我有点不耐烦了,他们中的一个人朝我走了过来,在我面前站住。

"三爷到底是你的什么人?"他问。

"他是我的恩人。"

"这我知道,我是问你同他有没有血缘关系。"

"没有啊。"

"那么你同我们就没区别了。你打算怎么办?"

"我不知道。"

"大家听听,多么稀奇啊!"他朝着他的同伴喊道,"这家伙不知道他为什么要活在这世上!居然有这样的人!"

"那么你们知道吗?"我小心翼翼地问。

"这个问题对我们是不成立的。我,我们全体留在这个鬼镇上,是因为我们要回家!这对我们来说不是个问题,你明白吗?"

"你们回去不就得了么?"

"回去!这就是你这种人喜欢说的话。一走了之!我早就知道你会这样说。你不要对我们说这种话,你自己现在试试看回家吧。"

他说完就转身走,回到他那一群人中间。他们在一起商量了一阵就朝着同我相反的方向离开了。

我没有回家,而是回到了红薯小贩的火炉边。他向我抱怨说:

"整个夜里我都忙坏了。这里满场都是打牌的人,饿了就要吃红薯。我想找你来帮忙,哪里找得到!我就知道你这种人,好吃懒做,要不怎么会去当乞丐。你既然什么都做不了,现在我给你一个任务。"

"什么任务?我一定努力去做。"

"你去把那个大个子口袋里的钱包偷出来给我。那人睡得像死猪。"

"万一他醒来后揍我呢?"

"他醒不来。再说你才不怕揍呢,刚才的事我都看见了，你这人抗揍。"

"可我不想去。"

"那你就等着饿死吧。"

天已经亮了，我看见市场又恢复了原样，只是那些摊位下面横七竖八地躺着很多人，大都是一些中年男子。小贩指给我看的大个子长着一脸胡子，他四肢摊开地躺在过道中间。小贩说他的钱包就在上衣口袋里。

我鼓起勇气走到他躺的过道，悄悄地蹲下去。我刚刚伸出手，手腕就被一只铁钳钳住了。我完蛋了，因为大个子坐起来了。他用混浊的眼睛瞪了我一眼，说道：

"好小子！"

然后他掏出钱包摔在地上，又嘭的一声倒在地上睡着了。

我愣了一会儿才明白过来，捡了钱包就跑。我的周围有很多人在喊："抓贼啊！"我看见这些人朝我围过来，可不知为什么，我总能顺利突围。我突了无数次围，但还在包围之中，我自己都不知道该往哪里跑了。当我实在没有力气跑了的时候，我就想，我停下来吧，让他们抓了我去，看会怎么样。然而当我停下的时候，围堵我的圈子也随之扩大了。众目睽睽，但始终隔着一段距离。这些人并不是真心要抓我。这时我又记起我的肋骨已经断了，一个断了肋骨的人怎么还能奔跑呢？实在想不通。

既然没人抓我,我就不用跑了,我放慢脚步朝他们走去,而他们,也一步步朝后退,并不打算散开去的样子。忽然我看见红薯小贩也在这些人当中,而后面几排人里头,竟然站着胡三老头!胡三老头正在抽烟,和他面对面站着讲话的,正是我父亲。我停住了脚步。我父亲兴奋地做着手势,不断地向我所在的方向指指点点,显然是在谈我的事情。胡三老头以前从来不抽烟的,现在怎么抽起烟来了呢?我的脑子里只剩下了这个问题。胡三老头大口吸着,烟不断从他的鼻孔里冒出来。他有时回应一下我父亲,似乎他的话都很简短,而我父亲根本就没听见他的回应,只顾自己说。他们俩在人群里显得像是两个不相干的人。人们挤来挤去的,他俩却站在那里没动。他们正在决定我的命运吗?

"爹爹!爹爹!"我喊道。

爹爹没听见,别的人也没听见。也许胡三老头听见了,因为他转身就消失在人群中了。忽然,人群散开了,他们各就各位地站在自己的摊位前,摆上各自的菜蔬,市场里又忙着做生意了。

我回到红薯小贩的炉子前,他让我把钱包交给他。

他收好钱包,然后对我说:

"你现在可以走了,你妈妈刚才来找过你了。我们这种生活你是不会习惯的,但是你可以常来玩玩。你瞧,我多么粗心,一开始我还以为你是乞丐呢。"

我刚一跨进家门,就听到妈妈在里面房里大声说:

"你跟了他去,我们就放心了。"

然后她走了出来,睡眼蒙眬地扶墙站着。

"跟了谁去啊?"我问道。

"还有谁,三爷嘛。他肯带着你,我和你爹很高兴。"

"他不是快死了么?"

"傻孩子,他死了还有他儿子呢。"

第二天我在胡三老头的门口等了好久,但他根本没出来,他的儿子和孙子也没出来。莫非胡三老头死了?我又绕到他家后门那里去张望,我听见里头有人在大声争吵。再仔细一听,才知道并不是争吵,因为只有一个人在里头说话,这个人就是胡三老头。似乎是,他在同一个始终不出声的人搏斗,他口里不停地威吓对方,语气显得有些邪恶。可是对方也是很顽强的,所以胡三老头始终征服不了他。胡三老头大声地喘着气,抱怨自己快死了,但还是一拳一拳地打在对方身上。我很想进去看看,无奈门闩得紧紧的,推都推不动。

"三爷!三爷!"我喊道。

门开了,胡三老头若无其事地走出来。他虽然很瘦,却一点都不虚弱,我觉得他的身体突然之间恢复了。

"原来是新元。"他说,"我打算近期离开一段时间,我正要告诉你呢。"

"到哪里去呀?"

"要今天夜里才知道,我们打算去过一种流浪的日子。"

"你们?"

"就是你每天夜里看见的这些人嘛,你都见过的,还有那个卖红薯的小贩。"

"我也要同你们一起走。"

"不,你必须留在这里,我们才会回来。"

"那我就留在这里。"

"这就对了。我的天,你这么快就长大了。现在你先回家,夜里再出来。"

到了夜里,我蹲在那个石狮子后面等了又等,胡三老头和他的"敌人"还是没来。

我一连等了五天,他们还是没来。

最后一天,当我要离开那个地方回去睡觉之际,有一双手从后面掐住了我的脖子。我惊叫一声,奋力挣扎。我忽然变得力大无穷了,一个转身将那人摔倒在地。那人动弹了几下,发出呻吟。借着月光,我看见一张陌生的三角脸。

"你是谁?"

"胡三老头的伙计。"

"三爷哪里去了?"

"他不是走了么?你还来问我!"他翻了翻眼。

这时我看见远处有几个可疑的人,像是要来攻击我似的。我心里很紧张,也很渴望。我似乎是无师自通地学会了摔跤的技巧。

"你们来吧!过来呀!"我喊道。

那三个人迟疑了一下,就慢慢过来了。我一个一个地将他们摔倒在地,听他们发出呻吟。后来我自己也累得倒在地上睡着了。

我醒来时,太阳照在我脸上,有一圈人围着我,爹爹和妈妈也在里头。

"他可是我的儿子!你们看,他同小偷搏斗了!"

妈妈和爹爹眼里闪着光,很激动,围着我的邻居也很激动,大家七手八脚将我扶起来,拥着我往家里走。

回到家,我的全身仍然是软绵绵的,我感到自己虚弱不堪。

"妈妈,你看我这个样子怎么能和人摔跤的呢?"

"那是你还没有振作。你一振作啊,谁都打不过你!"

妈妈叉着腰,一只手挥向空中,夸张地说话。

妈妈的身后,窗帘一抖一抖的,在烧饼铺里同我谈过话的小偷正在玻璃后面观察我的一举一动。

枣村

我们村名叫枣村,村口有一株年代悠久的大树,是枣树。从很远的山路上往这边走,就可以看到枣树,枣树下面便是村子。虽然有着如此鲜明的标志,我们村的村民却总是迷路,并且迷路者当中不乏那种一去不复返的失踪者。村子虽然建在山坡上,山下便是广阔的平原。处在这样一个位置,人是怎么会迷路的,实在是想不通。

我坐在门口便可以看到枣树,当山风吹过来时,叶片间就充满了喃喃低语。很久以前,我们这里人丁兴旺,生活富足。如今这里已是一派凋零景象。不知从哪一天开始,不少村民出了村之后莫名其妙地就迷路了,迷路者大多数能在一两天之后回到村里,若无其事地恢复正常生活,并且从此抹去了关于那一两天里头所发生的事的记忆。出去之后不再返回的那些人当中男女老少都有,他们好像也没有什么共同的特征。有一件事却是难以理解的,这就是每当发生了一例失踪事件,他的家庭成员就会四处寻找,他们行走在山路上、平原里,甚至干涸的河床当中,一边走,口里一边喊着:"枣啊!枣啊——"所有的人喊的都是这同一个词。为什么喊"枣"?走失的家人并不叫这个名字。我问过他们,他们阴沉着脸解释不清楚。再要问下去,他们就会绝望地哭起来。多次碰壁之后,我就不敢问他们了。

没有人统计走失的人到底有多少。我在这里生活了二十年,在我的记忆里,儿时到了过年之际,家家门口贴上红对联,小孩子一堆一堆地聚在一处玩花炮,糯米粑粑、油炸薯片和花生吃不完,有时还全村人成群结队去平原那边的鹿村看戏。而现在呢,戏是再也没有看过了,由于欠债,村里还卖掉了山上的两百株茶子树,所以薯片也不油炸了,就用油沙炒一炒。对联虽照样贴,但总显得有点虚假,有点强撑门面——尤其那些失去了主要劳动力的家庭更是这样。房屋年久失修,下水沟时常阻塞,污水横流,村里常发鸡瘟和狗瘟。只有这株枣树照样年年繁茂,枝叶浓密,果实饱满。

林师爷拄着拐棍过来了。林师爷每天上午都要在枣树下坐一阵,口里念念有词的,好像在同枣树说话。他的儿子是五年前走失的，走失那年刚满三十岁，是一名好劳力。儿子走失之后，林师爷就成了一个废人。开始是成天拉肚子，后来连腿也瘸了，什么活都干不了，劳动的重负全部落到瘦小的林师娘身上。有人看见他落在自家门口的塘里，就去将他救上来，后来才知道他是不想活了。但是被救上来之后，他就不再自杀了。据说林师爷去寻找儿子时，口里喊的不是"枣"这个词。那是个什么样的词呢？又据说他走了很远很远，已经出了县，终于找到了儿子。但儿子不愿回家，于是父子之间发生一场恶斗，他的内脏被儿子打坏了。

坐在自家门口的石凳上，我看见枣树，看见林师爷，也看见在山下地里干活的村民。我是个游手好闲的人，最不爱干的就是农活。其结果便是我总是饱一餐饥一餐。我家院子里的柴垛也是全村最小的。在漫长的冬天，我就靠设想那些失踪者的命运来挨过寒冷。村里为什么没有人将这件事情想个透彻呢？我曾试图同林师爷交谈，但他太傲慢，不理我，也许他要独享某种黑暗的快乐。由此我将他看作知情人。表面上他坐在枣树下打盹，自言自语，实际上他很可能已经由秘密通道进入了那个世界，天天同那些出走的人生活在一起呢！不然的话，作为废物或寄生虫的他，也许早就忍受不了自己那阴暗的生活了。

满菊姑娘鬼头鬼脑的,表面上是在打猪草,其实呢,总在绕着大枣树转。但她又并不是想偷枣子,还不到季节呢。这姑娘夜里出走过好几次,每次都被家人找回来了。

"牛哥,你迷过路吗?"她放下猪草篮子,瞪着绿豆小眼,皮笑肉不笑地问我。

"我倒是想迷路,怎么就迷不了呢?"我心虚地回答。

"那都是因为你家离枣树太近。这是棵迷魂树,同它在一起的人反倒清醒了。是我妈告诉我的。村里越穷,这棵树长得越好,它的根早就伸展到几十里远的地方去了。前几天,我亲眼看见喜鹊从树上掉下来晕过去了。"

我一下子明白了,难怪人们在寻找迷路的家人时口里喊着"枣"这个词呢。

"满菊,你能告诉我……"

"呸!我什么也没说,我是瞎编的!"

小姑娘提起篮子就走掉了。她的话却给我带来了无穷的遐想。

清明前夕,村里又走失了一个人,这个人不是别人,是枣村的老村长。老村长走失的前一天,还坐在火边给大家说那些古事。他说到一种黑山羊,在被狼追赶之际可以腾空十几米高,就像在天空遨游似的。那天坐在他家宽大的堂屋里,不断有人往火堆里加柴,众人的眼皮都黏住了,仍然舍不得离开。老村长喝了很多高粱酒,记忆力变得极其活跃,他边说话边绕着人群的外围走,使得人们都感到后脑勺那里凉飕飕的,不祥之兆从心底油然而生。

"老村长,走失的人都是因为梦见了死刑吗?我的堂哥可不是这样,他告诉我说他是为了爱情而出门的,他要弄钱回来结婚。"玲哥一边同瞌睡搏斗一边说。

"你堂哥不是枣村土生土长的,他是从外边抱来的小孩。"

大家都觉得老村长这句话阴森森的,令人心跳。

那天夜里的聚会很奇怪,人群里头过一会儿便溜走一个人。但一直到过了半夜,还有五六个人坐在那里不动,我便是其中一个。虽然困得厉害,我下了决心要等老村长说出他的结论。我等了又等,他的话还是飘浮在空中,一点都没有"结论"的味道。从他口中叙说出来的枣村的历史完全是一些不可捉摸的"事件",一些快要失传的传说。比如他说,某一年,一些村民听信了某个老前辈的预言,到西边去寻宝,这些人在外头度过了"噩梦般的"一星期,回来之后一个个都发了狂,好长时间才渐渐康复。而这些人的儿孙们,成了最守规矩的人。只不过这些后辈们有种癖好,就是喜欢背一把锄头到山上东挖西挖,问他们呢就说是消遣。对于这种事我挣扎着想了又想,想不出当中的含义。老村长指示我们说,不要一味地思考,只要记住这种事,牢牢记在心底就行了。他还提到村民们所住的颓败的房屋,他说我们的房屋并不像表面看上去那么脆弱,是"经得起风吹雨打的"。我们瞌睡沉沉地问他为什么,他就说他是根据经验得出的判断,他又说也可以将这看作一种信念。而我记起就在昨天,玲哥家的堂屋坍塌了半边,现在他家出进都只好走后门了。

我不记得我是怎样离开的,这件事十分蹊跷。一开始似乎是邻居树才在后面叫我,一声接一声地十分急切。我穿过一个房间又一个房间(那些房间的摆设都差不多,都是放着一张床、一些箱笼,房里点着桐油灯),循着那声音找了又找,却始终没找到他。最后我来到一间黑洞洞的大空房,看见前方有点朦胧的光,就朝那点光摸索着走去。这时我脚下一滑跌倒了,起来一看已在野外。我满腹狐疑:老村长家怎么会有那么多房间呢?他家从来只有三间房啊。还有那个树才,他是我的走失了的邻居。先前我和他都是村里出了名的闲汉,我和他已经有三年多没能坐在一块抽烟聊天了。我回过头来再看老村长的家,发现里头一团漆黑,根本不像有人在那里守夜的样子。

我回到家,在天亮前睡了一会儿,很快就被村里的骚动惊醒了。似乎所有的鸡啊,狗啊,猫啊全在叫,其间还夹杂有女人的哭声。我打开门向山下一看,看见好几个人正在往平原上走去,他们的喊声断断续续地顺着风传过来,他们喊的是"枣"这个词。

天大亮了,村里一片人心惶惶,都是灾变前夕的景象,村尾那口老井里的水突然上涨,溢出井口,将菜地都淹没了。是谁最先发现老村长出走了的呢?为什么断定他不会再回来了呢?不是有好些人在外头度过了莫名其妙的几天,后来又回到了村里吗?他毕竟是一村之长嘛。我们同邻村关于用水的争端还要等着他来解决呢,这种争端除了他之外谁都会束手无策。树才的女人披头散发地迎风跑,绕着村里兜圈子。我听到她也在喊"枣"这个词,她喊的是她丈夫吗?树才大概回来了,不肯露面。

"阿牛这种人,哪怕天塌下来也不会去操心的。"

说话的是顶针老娘,顶针老娘是老村长的女人,她竟然没有到山下去寻找老村长。

"老村长丢不了的,过两天就会回来,您说呢?"我讨好地朝她笑了笑。

"只有我知道,他根本就没出走。"顶针老娘说话时看着飞跑的树才女人,若有所思。

"那么,他在哪里呢?他为了考验我们才躲起来的吗?"

"你睡觉时留一只耳朵值勤,不要睡得太死,老村长会来喊你的。"

顶针老娘坐在枣树下面纳起鞋底来了,随着她低头、抬头的动作,她那顶黑绒线帽上的小球一颤一颤的。与此同时,村里的好几只狗发出惨烈的叫声。也许这件事是她同老村长的合谋?我突然记起来昨天夜里,是她喊我离开的。她凑到我耳边,说有人在后院那里等我,等了好久了,那人是外面来的,谁也不认识。接下去我就听到了邻居树才的声音。

我喝完第二碗稀饭时,货郎就进屋了。货郎放下担子,那担子里头是空的。他告诉我说在来村里的路上被强盗追赶,他把货物全扔给他们了,这才保住一条命。货郎几乎还是个小孩,十六七岁的样子,他这么老练真让我吃惊。

"可是我们这一带从来没听说过有强盗啊。"

"他们会不会是你们村的人呢?你们这里不是有好多人失踪了吗?"

他那疑神疑鬼的神气令我愤慨,我叫他马上离开我家。他一听这话就发起抖来,腿一软,跪到地上去了。他说他们就在门外,身上都藏着凶器。我走到门口去看,什么都没看见,只有一只黄狗在跑来跑去的。

"你在胡说八道吧?"我回转身来问他。

"你是看不见他们的。他们,隐蔽得很好。"

"放屁!"

他被我这一声吼吓得钻到桌子下面去了。

我觉得这孩子不像在装假,有什么事发生过了。为保险起见,我闩上了门,坐在家中静候。他见我闩门,便放了心,从桌子下面出来了。他走进厨房,从锅里舀了稀饭,站在那里喝。他从容的举动同刚才判若两人。

"货郎,你是哪个村的人啊?"我打量着这小子。

"我不是村里的,我是县城的人。"

他头一昂,竟然显出一种傲慢的神态来。他责备我不会过日子,说喝稀饭应该吃咸萝卜。他的态度令我迷惑。我的房子给这小子提供了什么样的安全保障呢?他刚才不是吓得半死吗?门虽关着,外面的喊声和狗发出的吠叫还是可以隐隐约约听到,我仍然被灾变的氛围围绕着。因为这,我不愿同货郎抬杠了。

他是从去年来我们村的,那是个春暖花开的日子,小伙子的脸也像桃花一样红喷喷的。他卖日常用品:梳子、镜子、勺子、筷子、面霜、肥皂、灯芯、火柴之类。我们总觉得他看着面熟,可没人记得起在哪里见到过他,又因为面熟,村里几个老娘便对他心生怜爱,抢着留他在家中吃饭。吃过两次饭之后,老娘们就对他失去兴趣了。那个时候顶针老娘对我说他像个心术不正的家伙,在她家里东张西望的,还趁她没注意去翻她家的箱笼呢。现在他一月来一次,村里人冷冷地接待他,买了东西就没人理会他了。

我盯着他喝稀饭的侧影,脑子里生出一些疑问:他是不是某个失踪的人在外面生的儿子呢?他到底长得像谁呢?

"你说你是县城里的人,你住在哪条街上啊?"

"我们县城在东边,城里没有街,只有地堡,我们都住在地堡里头,那里头最安全。你见过地堡吗?没有?你应该见见才好。"

我脑海里出现月光下一望无际的坟头。顶针老娘在门外叫我,我起身去开门。

"记住,留一只耳朵值勤。"她将食指竖在鼻子前面说。

顶针老娘走得极快,显出同她年龄不相称的活力。她走着走着脚就离开了地面,她的姿态像是腋下生有看不见的翅膀。我眨了眨眼,居然看见好几个妇女像蝗虫一样在菜园那边飞来飞去的。她们飞得不高,但她们的双脚的确离地好几尺。那几个女人都是本村的,她们家都有丈夫或儿子走失了。在那段时间里,她们中的两个人将嗓子眼都喊出了血呢。那么她们现在这种情形又是怎么回事呢?也许,失去亲人的事是很值得怀疑的?

我回到房里,想问问货郎关于地堡的情况。我走到厨房里,他已经不在那里了,地下扔着他剥下来的鸡蛋壳。窗户没打开,他是怎么出去的呢?他连货担也挑走了。我坐下来想这几天里头发生的事。似乎是,围绕我的一切都带有某种目的,只是我猜不破那目的到底是什么。

今天是老村长失踪的第三天。一大早,我就看见乔村的人在小河边上比比画画的,我感到这帮人要动手了。然而枣村的人并不关心这个。那些人就聚集在下头,一目了然,可村里人就当没这回事一样。紧张和焦虑并没有消除,第三拨出去寻找老村长的队伍又下山了,狗呀鸡呀还是叫得人心惶惶,但我看出来这一切都同乔村的人无关。也许我们村的人认为,水源的问题已经很不重要了,因为可怕的灾变正在迫近吧。

我觉得村里的每一个人都将这种预感写在脸上,只除了我这个闲汉。自从树才出走之后,枣村就只剩下我一个闲汉了——枣村人是闲不住的。有时我也想过要不要出走的问题,我一接触这个问题马上就得出了结论。我住在祖先留下的破房子里,我生活在先人给予我的、看不见摸不着的记忆之中,门口这棵永不衰老的枣树庇护着我,这一切,使得我对任何事都可以满足于一知半解。从一开始,我就是村里的一个外人,我已经习惯了这个位置,即使脱胎换骨,恐怕也做不成哪怕满菊姑娘这样的人了。我设想如果我出走的话,走不到上十里路就会因惊吓而返回枣村。不是因为缺乏好奇心的支撑，实在是缺乏先天的元气。缺乏元气也是我不知不觉选择了闲汉生活的根本原因。我每天到地里胡乱弄一弄庄稼或蔬菜，如果碰上青黄不接没有东西吃，我就去别人家讨。我们枣村是饿不死人的，不管你去谁家讨，他都会让你得到满足。每天我都坐在自家门槛上观察枣村，这是我爹妈临死前给我下达的任务。爹爹说过：

"阿牛这小子什么也干不了，可将来说不定会成为枣村历史的记录人呢。"

那时我才十一二岁，听了这话心里窃喜，从此便做出一副心事重重的样子。我很早（十五六岁吧）就看出来，我们村没有什么事是一目了然的，我从来弄不清那些事背后的真实含义。不过我的记忆力极好，大大小小的事件，来龙去脉，我一律记得清清楚楚，难怪爹爹说我会成为记录人呢。比如说老村长吧，我记得他好多年以前去县城时带走了村里的村谱，说是要让县城的一位老前辈看一看，提提修改意见，因为那位老前辈的父亲是从枣村流落出去的。老村长回来时却没有带回村谱，他将它丢失了（也许留在那位老前辈家中了）。失去了村谱的枣村并不恐慌，因为有老村长在嘛。现在老村长不见了，枣村人成了无根的人，是因为这个他们才恐慌吗？还有林师爷，口口声声说他是被出走的儿子打成了残废，可我曾撞见他从悬崖上往下跳呢。虽然下面有厚厚的茅草，悬崖也不高，可他为什么要那样干呢？林师娘在家中任劳任怨，她对丈夫的情况并不绝望。那一回，村人将奄奄一息的林师爷从西边运回来时，她显得异常激动，跳上跳下地忙碌着，好像从此找到了生活目标呢。

外面刮的是南风，枣树叶子在风中欢快地议论着什么。一名乔村的老人过来了，他在我家门口站住，将烟斗塞满烟叶，不紧不慢地点燃，抽了一口，说道：

"你们这里中午要断水了，乔村在制造危机呢。"

"要是我们老村长今天回来了呢？"我底气不足地说出这句话。

"断水的事正是你们老村长的主张。"他正色道。

"我也不清楚他为什么这样想，他改了主意了。"他的口气缓和下来，"这么多年都维持下来了，他突然釜底抽薪。我们乔村，并不会从中得到什么好处。"

枣村人在恐慌中开始打井了，一共打三口，其中一口井就打在枣树下面。

我坐在堂屋里，打井工鱼次一脸苍白地走进来要水喝。他拿杯子的手抖个不停。

"下面没有水。"他说，"越往深处打我越害怕。"

"怕什么？"

"怕那些树根啊。那哪里是树根呢，都是一些穴道，你可以进去，顺着它弯弯曲曲地向前走。当然，我是不敢走得太远的。"

他想站起来，可是反而跌倒在地了。他牙关紧咬，抬起手指着窗户那里。

窗户上并无任何异样，我焦急地喊他：

"鱼次！鱼次！"

但他还是倔强地指着那里。

啊，我明白了，是枣树的影子在窗户上晃动。他想说什么呢？

他什么都没说出来。他离开后，我才记起他是跟着姨父生活的孤儿。他原先是有父母的，父母将他送到姨父那里学打井，然后他们就双双离开了枣村，再也没回来。

"要是三口井都打不出水来，该怎么办呢？"我反复地想这件事。我无意中瞥见一名在灌木丛上面游走的枣村妇女，她那从容不迫的姿态解开了我心里的疑团。她双脚一落地，就快步朝这边走过来了。原来是顶针老娘。

"井下没水。"我告诉她说。

"这种地方，你以为真能打出水来啊，告诉你，这是山坡，这里只有一点点泉水流下来。鱼次是个好孩子，他明天还会来继续工作的。有没有水，一点都不要紧，乔村的人就怕我们打不出水来。你看这枣树，它的树干在我们村，可它的枝叶全伸向乔村那一边，乔村人心里明白着呢。"

其实，顶针老娘心里也明白着呢。老村长虽然不在了，枣村的这些妇女不就是村里的主心骨吗？这位老娘从来也没同大家一起出去寻找过她丈夫，她连乔村人的心思都搞得清清楚楚，对于丈夫的事当然早就预料到了。她说："他根本就没出走。"也许这棵枣树就是他的祖上栽下的？我问顶针老娘。

"是先有枣树，后有枣村。"她斩钉截铁地回答。

玲哥进来了，哭丧着脸。他诉说道，井打到八米深的处所，居然遇到了岩石，真让人万念俱灰啊。他觉得现在应该准备逃荒了。

"请来的两个外地的打井工早跑得没影了，连工钱都不要了。"

玲哥的眼里像蒙着一层雾，他口里嗫嚅着说到家中食品短缺的事。

顶针老娘在我身后发出刺耳的冷笑，刚才我明明看见她出去了，怎么还在屋里？

"打井工跑得没影了，你不会跟着跑吗？你还留在这里？"她斜眼望着小伙子。

"是啊，我怎么还留在这里？我真是个……我真是个……"

他悔恨得说不出话来了。

我站在门口,看见鱼次又开始下井了,他还朝我招了招手呢,他的情绪转换得真快。只有我们枣村人才会这么灵活吧。

如果先有枣树,后有枣村,那时的枣树是什么样的呢?如果仅仅是一株幼树,我们的祖先就不会将村子取名为枣村了。那么,枣树从一开始就是参天大树吗?我们这里不是枣树的产地,没人能说得清枣树的寿命有多长。我们关于枣树的知识其实是从一些路人那里听来的。我想,在那个时候,第一代枣村人也许连树上的枣子都不敢吃呢。有过一位祖先从枣树上跌下来发了狂的传说,所以后来一有人失踪,村里人自然而然便想到了古树的影响。然而始终繁茂的树王之下的村子,是一天天颓败下去了。村民既猥琐又羸弱,每个人的心理都日见黑暗和阴险,至少在我看来是如此。这样的村民在危难之际口里喊出的却都是一个"枣"字,这种事该如何解释呢?他们认为是枣树拿走了他们的亲人吗?也有可能他们口里绝望地喊着"枣",在田野里漫无目的地乱走,但他们心底并不绝望。或者在表面的颓败之下,古老的枣村里头有某种东西正暗中同枣树一同生长?每天,我站在自家门口看枣树,我看着看着眼睛便发了直,脑子里浮出一些荒诞的、从未有过的念头，以及从未有过的人物。比如我总是想到这样一个人，他是一名乞丐，住在下面的平原上的洞穴里。那不是固定的洞穴，而是一些我们的眼睛看不见的点。他自由地在那些洞里钻进钻出。他的形迹令我想起"穴道"的事，我认为他是精通这里头的奥秘的，我羡慕这名面目模糊的中年乞丐。

后来我又问了鱼次关于"穴道"的事。他涨红了脸，不知道要如何形容。

"是一些三角形的洞，不，是扁圆的。人在里头没法直起腰，要爬着进去。爬不多远，就会感到窒息。还有，你一进去，就不想退出来了，所以要早点退出来。"

那么，那种洞穴里头到底有什么吸引着人呢？

"人在井下时，心明眼亮。"

这个口齿不清的家伙只会这样说。

山下的平原上有很多村落，不过将村子建在半山腰的好像只有我们枣村。我们的先人是多么狂妄啊，为了什么呢？既不方便又不实惠。这座山多岩石，土壤瘠薄，村人每天还得到山下去种地，来回四五里路。就好像是先人的一念之差造成了今天的败落。我只要一想到枣村的前途就头昏——断水断粮的日子已经不远了，一些木屋的柱梁已被白蚁蛀空，眼看要坍塌，村里的主要劳动力越来越少……尽管处在这样的情形中，我们的人并不羡慕平原上的富足生活，失踪的那些人也不是为了追求物质上的东西而出走的，他们同大家一样，对那种事看得很淡，得过且过是他们一贯的生活态度，因为他们血液里头也流淌着先人的狂妄。似乎所有村人都知道他们是为什么而出走的，只是说不出来而已，他们认为那种东西同枣树有关。失去亲人的家庭成员在昏沉的夜里来到原野，看着那个大而圆的月亮，据说在他们的心里有小兽的爪子在抓挠，他们自己也莫名其妙地冲动起来，每个人都想跑开去，跑得远远的。然后他们当中忽然有个人喊出来了："枣啊……"而其他人，也就自动地附和他了。有时候，那声音响彻原野。在喊声中，出走的冲动就消失了。这古树，败坏了枣村又挽救了枣村，据村谱上记载，它的根远远地伸向广大的平原。村人的怯懦和狂妄、保守和莽撞、清醒和迷幻，都是由于它的赋予。

断水的事终究没有发生。乔村的人在犹豫些什么呢？这些鬼鬼祟祟的邻居，必然有他们的打算，他们是那种每走一步棋就要看四五步的人。井还在打，可是有口井被封起来了，是外地人打的那口。那人往下打了十几米，遇到了空洞，就掉下去了。井上的人还听到他喊了两声，他喊的是"爹"和"妈"，他的声音似乎相当镇定。由于设想不出井下的具体情况，只有将那口井封掉。外地人的同伴说，他前一天就预感到自己要遇难，还将自己的衣物托付给他了呢。另外两口井仍然没有出水。我看见乔村那位老人的身影出没在小河那边,也许是他阻止了断水的行动。今天我打算到顶针老娘那里去蹭饭吃。

我走进老村长的家便吃了一惊,屋里有很多乔村的人。其中一个驼背的高个子在大声说话。

"我们不想把事做绝,我们要为我们自己的生计着想。枣村的老村长设下了这个陷阱,谁又猜得中他的真正的用意呢?"

他似乎很苦恼,他用一只手支着尖下巴在苦思苦想。他这一说,其他人也皱起眉头在那里想心事。顶针老娘在我肩膀上拍了一下,我随她走到厨房。

她向我亮出空米缸,说已经无米下锅了。说话间前面房里就打起来了,乔村人发生了内讧。顶针老娘塞给我一块面饼,叫我从后门跑掉,说:"这些杀红了眼的人看见你,你可就没命了。"

我一边走一边想,这个女人自己怎么一点都不害怕呢?乔村人干吗在她家里聚会呢?

有人叫我的名字,是一名外地人。外地人手里提着一个大包袱,包袱里头大概是他的衣物和用具,他请我替他保存,说是十天之后他的家人会来取。

"我要下井,这一下去,就不会上来了。"他说话时眼睛看着前面,很严肃。

"那你还下去啊?"

"你不懂,你不懂。"

他将大包袱往我怀里一塞,头也不回地走掉了。他的背影很悲怆。

我走到家门口时,看见鱼次从井沿冒出头来,满脸是血。

"鱼次,鱼次,你怎么啦?!"我问。

"我又从那里头退出来了。"他苦笑了一下,"幸亏退得快呀,我要是再往前走两脚,你这会儿可就见不到我了。你告诉我,这是不是老村长的主意?"

"你说什么?"

"有人说是他撺掇乔村人断我们的水。我想,他一定预料到了我们会打井的吧。"

这个小孩真了不得,对事情的原委考虑得这么深,大概枣村人生来便有这本领。他看我夹着大包袱,就提议我将这包袱扔掉,我问他为什么,他说这是那外地人的本意。

"他是被你撞见,怕你追问,才用家人来搪塞的。他才不在乎家人呢。"

他夺过我手里的包袱就扔在路边,后来想了想不妥,又捡起来,扔到那边的茅草堆里。

"这才是它该待的地方。"他说,"我爹妈走的时候,什么都没留给我。"

鱼次随手扯了路边的一片野麻叶子擦脸上的血。我问他下回还去不去井下,去了之后还钻不钻洞。他听了我的问题,脸上显出很没有把握的表情。

"我不知道啊,这种事,说不准。我感谢我的爹妈让我学打井。"

原先的三口井没有出水,村里人又请了工匠来另择地点再打了三口井。有一口就打在我的屋后,我在昏睡中听见窗外忙忙碌碌的声音,是那些做小工的在说话,他们要在这口井上头修一个很体面的井座。我想,还不知道井里有没有水呢,就忙乎起来了。昨天下午我就听说乔村人已经放弃断水的方案了,为什么枣村人还要瞎忙乎呢?我走到窗前,看着枣树的枝叶张牙舞爪的样子,不由得又一次感到,枣村人的心思太深了,这些颓败的房屋里头孕育的,是一些妖魔化的情绪。我的爹妈对我完全估计错了,我能记录一些什么呢?不过是某种假象罢了。他们不应对我这样的儿子抱希望。此刻我隐隐约约地想起了妈妈的样子。天色微明之时,她是窗前的一个影子,我看不见她,却知道她用直勾勾的目光盯着木板床上的我,那是我六岁时的事。我的父母不属于失踪者之列,他们公开宣称到县城里去了,然后就在那里死于狂犬病，是他们自己养的狗将他们咬伤后发病的。我的一个叔叔在那边照料，他们不让别人通知我。我现在回忆关于他们的那些依稀模糊的事，觉得最大的谜中之谜恐怕是我自己呢。

"阿牛，你对枣村应该有信心，老村长最放心不下的就是你。"

顶针老娘又挎着针线活过来了。

"我？村里最无关紧要的人物就是我了。"

"是啊。所以你才可以这里看看，那里看看嘛。像我这样的人，每天夜里都住在铁笼子里头，我、我，啊……"

她用一只手抓住胸口的衣服，满脸痛苦地往地下坐去。我想扶她起来，她不让，过了一会儿她自己缓过气来了。她告诉我说："我不能想那些事，哪怕那些事过去很久了也一样。"

这是怎么回事呢？我一直以为她是……可她不是。此刻她的背影是多么苍老啊。

做小工的田儿过来讨水喝了，他涨红着脸，显得很兴奋，大概是因为找到了事做而兴奋，不过又好像还有些其他的原因。打井这事是枣村人生活中的大事。

"这个老巫婆，"田儿放下杯子，指着顶针老娘的背影说，"村里的事现在全是她在捣弄。我听爹爹说，乔村的人天天在她家里开会。都知道这地方没水，可我们就是要打井，一直打下去。这是顶针老娘在她家对乔村人说的，又有人说是老村长的意思。"

"田儿，你喜欢打井这活儿吗？"我问他。

"我？我不知道。他们叫我，我就来了。我在那边弄水泥，我想起了妈妈，心里想哭。"

"为什么呢？你又没有远走他乡！"我感到很诧异。

"可这活是打井，井一打好，我还能不下去吗？一下去……"

他摆摆手，掉头就走，因为工头在那边骂他了。

田儿的母亲常年瘫痪在床。是谁让这些人中了邪一般往井下钻呢？

我学会了睡觉时"留一只耳朵值勤"（顶针老娘告诉我的），我将自己抑制在半睡半醒的状态中。于是老村长的声音就在黑暗中响起来了。他似乎在墙壁里头讲话，嗡嗡嗡的听不太清楚，可我不知为什么断定他是在同我讲枣树的历史。他的话里头有些这样的词——"秋风"啦，"钻探"啦，"悬崖"啦，"梅花"啦，"垦荒"啦，"白蚁"啦，"人口流失"啦，"地裂"啦等等。他甚至含糊地说到一种什么理想。

每当我用力醒过来，高声呼叫"老村长"时，他就沉默了。深秋的墙壁冷冰冰的。

我只好强迫自己重新入睡,因为我渴望从他口中听到某个关键的词。我觉得自己差不多就要想出那个词来了,它火辣辣地在房间里的黑暗中游走。这样的夜是希望之夜,我甚至听到枣树的枝叶从窗口那里伸了进来,同我一道倾听呢。有人进屋来了,是顶针老娘,顶针老娘将一本小册子放在我枕头下面了。我问她:"这是村谱吗?""是啊。"她说。

每天,我都要重复这种事。我想着枣村,从前的枣村就出现了。那不是半山坡上的一个村子,而是悬崖上的一个鸟巢。鸟巢被它的主人遗弃了,里面住满了山蚁。我知道这些山蚁就是我们枣村人。大风吹来,鸟巢摇晃得厉害,枣村人死死地攀住巢里的那些棍状物。

"村谱里头写了鸟巢的事吗?"我问顶针老娘。

她正弯下腰到我的床下面找东西。

"当然啦。你刚才已经看见了啊。"

我再去想枣村时,鸟巢就不见了,冰雪覆盖了这座山。枣村人移居到了山下的平原上。这是些极为矮小的黄种人,他们的家是通向地下的一些深洞。一旦他们的身影隐没在那些洞里,他们很久很久都不出来。

"我们是什么时候移居半山腰的呢?"我问顶针老娘。

"地震那一年。因为泥沙堵塞了所有人的家。"

在夜里,枣村的历史给我带来无尽的惶惑!

"阿牛,阿牛,你都记下了吗?"

顶针老娘为什么也对我寄予这样的希望呢?我将脑袋偏向有枣树枝伸进来的窗户的那一边,听到那些紧张的枝条在发出噼噼啪啪的爆裂声。

情侣手记

今天是 28 号,主人已经完全失去耐心了。吃过早餐以后他就不停地从窗口那里向外探望,我觉得他全身的汗毛都在发出咆哮,眼珠也闪出绿色的荧光。像他这样一个文化人,一个无所事事的单身汉,不到要命的关头,恐怕是不会显出他身上的野蛮本性来的。他就在吃早餐的时候踢了我一脚,正好踢在我的前额,我立刻就昏过去了。事情的起因是因为牛奶。他当然知道牛奶是我的一大嗜好,以前他每次都同我分享一袋牛奶。但因为那个黑人的缘故,今天早上一切都出错了。主人没注意到我,拿起那袋牛奶倒进自己的碗里。我急煎煎地扯他的裤腿,还轻轻地叫他,可他全不当一回事。眼看他就要喝完,我情急之下就在他的小腿上轻轻地咬了一口,当然不是真咬，只是提醒他。谁料到他会大发雷霆呢？后来我认为他是在借题发挥，一定是！人的心里如果藏着怨毒的话，真是什么事都干得出来啊。当然没过多久我就醒过来了。我醒来之后，首先意识到的就是我必须重新审视我同他的关系，我往深里一想，就想出了我同他的关系的实质：我同他的关系并不是表面那一层关系，或许"主人"这两个字不仅仅意味附属和服从，在某种程度上也意味着强力对抗，暗中操纵。我不是深知他同黑人的那档子事么？

其实主人完全不应该失去耐心，我深深地知道，那个黑人迟早会再来光顾这个高层楼上的小套间的。那是一年之前的夜里三点钟，主人从卧室里出来走到客厅里来找东西吃。我注意到主人赤着脚没穿拖鞋，走动时双臂前伸，脸上木无表情。根据经验，我判断出他是在梦游。这样的事以前也有过几次，每次都是安静地结束了。所以我就没去惊动他。他走到冰箱那里打开冰箱门，拿出啤酒和冷肉，坐在茶几边享用起来。他的口里发出吧唧吧唧的声音，吃得津津有味，但我知道他并没醒过来。也许食品在梦里的味道比现实中要更美吧，我都忍不住要过去讨食了。不过我还是忍住了，决不能在这个时候惊醒他，否则会损坏他的身体和精神方面的健康。

当时有人在门那里敲了三下。深更半夜的，是谁呢？

梦游的主人立刻听到了,他起身过去打开了门。当时我想,如果是强盗他就死定了,那人一棍子就会让他再也醒不过来。还好,进来的不是强盗,是一个全身漆黑的家伙,那家伙的脖子上还戴着一个明晃晃的金项圈,手上则戴着两个骷髅头的银戒指。主人一点头对他说:"来了?"那家伙也简短地回答:"来了。"我看出来主人还是没有醒,因为他的动作有些僵硬,也有些不准确。那人坐下之后,主人就为他从冰箱里拿吃的出来。一会儿茶几上就摆满了各式冷肉、香肠,还有腌鸡蛋。黑人的身子挺得笔直,牙关咬得紧紧的,丝毫不肯放松自己。他没有动那些小吃,只是用目光谴责地看着我的主人。主人没有觉察他的目光,也许他正处在"视而不见"的状态中,梦游人常常是这样的。

"您不喝点啤酒么?"主人问。

"我的胸口痛,"黑人边说边用力扯开衬衫,"森林大火烤得我啊……"

他那黑色的胸膛光溜溜的,一根胸毛都没有。靠左边的肌肉下面可以看到明显的搏动。莫非他患有严重的心脏病?

主人没有抬头看他,嘴里咕噜道:

"为什么他连啤酒都不喝呢?"

黑人的牙关咬得嘎嘎作响,双脚暗暗摩擦着地板。

为了缓和紧张气氛，我跃上他的膝头，做出一些媚态来。这时黑人就用他那戴着骷髅头戒指的大手来抚摸我。但那不是普通的抚摸，我感到他的手指渐渐地扼紧了我的咽喉。我开始挣扎，用四条腿在空中乱抓。就在我快要失去意识之际，他用力一推，将我推到了地板上。我怕他再来加害于我，就躺在地板上装死。当时发生的一切主人似乎并没觉察到，我看见他在房里不安地走来走去，可能在等待黑人对他做出点什么表示。而我，因为已经领教了黑人的阴险，此刻生怕他还有什么更可怕的举动。

黑人站起来，准备离开了。主人低声下气地请求他再多逗留些时间。

"我胸口痛，你房里气闷。"他一边开门，一边强调说。

他终于走了。主人举着他那梦游者的双臂似乎要追上去，然而只是茫然地在房里转圈子，一遍又一遍地重复这句话："为什么我留不住他呢？为什么我留不住……"

我的主人是一个严肃刻板的人，他在一家报社任职，但他通常是坐在家里工作。我是无意中得以在他这里安家的。当时我原来的主人赌气将我赶出房子，我正在楼梯上漫无目的地游荡。忽然我看见有一家的房门开了一条缝，一线光透了出来。这一线光在黑洞洞的凌晨很显眼，它欢快地召唤着我走进了那家人家。屋里收拾得很干净，家具用品摆得十分严谨。现在的主人正坐在沙发上沉思，一只多毛的手臂撑在扶手上，手掌里是他硕大的头部。他立刻看见了我，跳起来说："哈！老猫！"从那一刻起"老猫"就成了我的名字。

很快我就发现，我在这里比在原来的主人那里要自在。性情刻板的新主人对我却一点都不刻板，他从不限制我，充分相信我的自律的能力。我，作为一只有教养的猫，在全盘视察了他的住所以后，选定了茶几下面的那块地毯作为我的卧室。

每天我都同主人共同进餐，他的作风很平等。我们俩都有专用的碗碟，他吃什么我就吃什么，只是我不喝啤酒，也不爱吃瓜果。

主人是一个工作起来非常有效率的人。他通常在半夜工作两个小时，然后整个一天都变得无所事事，好像被某种颓废情绪击垮了似的。主人陷入颓废之际，我很同情他，我觉得他一定是生活中遇到了不顺心的事，或事业上遇到了挫折。我还认为从根本上说他是一个性格坚强的人，只要渡过了眼前的难关他就会超拔出来的。但事情并非如我想象。我来了这么久，他的颓废状况不但没改观，还有加剧的趋势。难道他在生活上和事业上一直不顺心吗？我通过观察也否定了这种判断。有一天我们家还来过一个表情猥琐的人，那人低声下气地称主人为"主编",很显然是报社的同事,我由此判断主人事业上一帆风顺。我又发现,他在莫名其妙地自找麻烦,可以说除了他关上卧室门在里头工作的那两个小时我无法得知他的情况外,其他时间他大都是不痛快的。

忽然有一天,他请人在客厅的天花板上做了一个铁挂钩,从那上面悬下来一根粗麻绳。我到外面去兜风回来,门没关,一进屋我就看见他一动不动地悬在那根麻绳上。我恐惧地大叫。我一叫,他就晃动起来。一只脚踮在桌面上,松开麻绳的圈套跳下来。他的脖子被麻绳勒出了两道紫痕。从圈套里下来之后,他脸上的神色显得轻松了好多,居然兴致勃勃地到厨房烤了一条海鱼给我吃。他可是难得有这样的好兴致的啊。我边吃边惊恐地看着他,心里想,这是不是告别的晚餐呢?当然不是,因为他洗了澡之后就劲头十足地进他的卧房工作去了。第二天当然又是老毛病复发,不仅颓废,而且痛苦,一阵阵发出压抑至极的咆哮。

为了帮助他,我就跳到他身上,用牙去咬他手掌上的虎口。这一招倒很灵,他如同大梦初醒一样平静下来,鼓励我咬得更狠一些,直到咬出血来。主人一定是恶魔附体,这使得他整个白天无法集中精力做任何事。他心中难受又找不到发泄的办法,或者说,任何世俗的发泄的办法他都不屑于去尝试,他把自己看得太高了。有时候,自虐可以暂时缓解毁灭的危险,但解决不了根本问题,而且他对刺激的强度也有越来越高的需求。就在他即将陷入绝境之际,那个奇怪的黑人出现了。这一下就改变了他的整个生活态度。

　　黑人那天夜里离开之后我的主人长长地睡了一觉,他一直睡到第三天早上才醒来,连例行的工作都忘了做。主人醒来之后一改往常的颓废,冲到阳台上去举了几十下哑铃,然后就开始清扫房间。他将房间收拾得一尘不染,甚至到下面的市场买了一束花放置在客厅里。他还拆洗了厚重的窗帘,让阳光洒满客厅,让整个屋里都洋溢着春天的气息。我并不喜欢他在房里这样折腾,打扫卫生扬起的灰尘弄得我不能呼吸,玫瑰花也令我喷嚏不止。主人已经年纪不小了,怎么还像那些少年一样轻狂呢?他在打扫卫生的时候我没地方可躲,只好走出门站在楼梯间。

　　主人的这种勤奋持续了很长一段时间,人也变得脸色红润,目光闪闪。但是每天早上和傍晚,他的眼里总透出一种迷惘,一种期待。这种时候,他就踱步到阳台上,凝望着远方的天空。我知道他在等待谁的到来,可是我又帮不上他的忙,只能在一旁干着急。

　　黑人是凶残的,我已经领教过他的握力了。但那一次他为什么要留下我这条命呢？主人待我极好，可这个黑人一来，他就将我抛到了脑后，任凭他对我施暴而无动于衷。想到这里，我心里就会因委屈而隐隐作痛。一个在梦中遇到的恶棍，就值得他如此念念不忘，甚至到了将自己的生活以这一件事为中心的地步，这又令我有些愤怒。难道我不是同他朝夕相处，陪伴他度过孤独时光的唯一伴侣吗？当他万念俱灰，丧失了做人的一切乐趣之时，又是谁跳到他的膝头，带给他那些安慰的？然而冷静下来一想，也许我是在自作多情。我的主人是一个非常特别的人，他高深莫测，一举一动都是深思熟虑，哪怕像我这样自认为敏感非常的猫类，也只能捕捉到他那些表面的念头。现在既然他盼着那个黑人到来，那么他总是有他的道理的吧。我不应该把自己的判断强加给他。在那个夜晚的几分钟里头，梦中的主人一定同黑人进行了闪电般的交流，这种交流远非我能领悟到。

主人用炭笔画了一双眼睛挂在客厅的墙上，我一看就记起了那是谁的眼睛，那种死盯不放的特征给我的印象是极为深刻的。当他半夜里干完工作，从他那紧闭的密室里走出来，满脸疲惫和困顿时，他往往会在那张图画下面站立片刻，口里叨念几句什么。我想，主人等不来心中的偶像，只好以这种望梅止渴的方式同他交流。那黑人真是来无影去无踪，他这种行事的风度可把主人害苦了。从那天夜里的表现看起来,黑人也是一个心里痛苦不堪的人,这种痛苦使得他有点不像这个世界上的人,我的意思是说,他的痛苦已经同这个世界无关了。这同我的主人还是有区别的,我觉得我的主人虽然也很超脱,但他的痛苦似乎是因为他所做的每一件事。我虽然是一只异类的猫,能够冷静观察,但确实想象不出那个黑人会同芸芸众生有什么瓜葛。我感到他用双手扼住我的喉管时,那动作也是心不在焉的。也就是说,他不知道他扼住的是我的喉管。就是这样一个家伙,居然对我的主人有无穷的吸引力。

最初的冲动已经过去了,现在我的主人已经没有那么亢奋了,他进入了一种平稳的时期。每天,他躲在密室工作两小时,然后机械地打发剩下的时间。除了采购,除了偶尔一次去报社,他从不外出。这段时期报社的一名编务来过一次,他是一位面黄肌瘦的老者,来拿稿子的。老编务给我的印象很坏。大约是他的皮鞋底下钉了一口图钉,他进门后又在光滑的地板上乱踢腿,结果弄得地板被金属物划坏了多处。而且这个人不讲卫生,一身散发着酸臭味,还随地吐痰。一向刻板的主人却根本不计较这些,他亲热地将老编务领到沙发上坐下,还为他倒啤酒。看来他们之间的关系非同一般。

"他去过报社了吗?"主人发问的样子显得提心吊胆。

"我问过了传达,传达说他只在大厅里站了三分钟就走了。"老头若无其事地啜着啤酒,眼里还闪出恶意的光,分明是看主人的险。

"你能肯定传达说的是三分钟么?"

"正是三分钟。"

主人颓然倒进沙发里,显然心里一块石头落了地。

编务老头已经走了好久,主人还在为刚才的信息而激动。我闹不清主人到底是为黑人去了他工作的地方而高兴呢,还是害怕他去那里。主人一激动就坐立不安,饭也吃不好,觉也睡不着了。我看见他坐在沙发里头发愣,一坐就是两个小时,还不时地痴笑着,像捡到了什么宝贝似的。在他恍惚的这段时间,我可是遭殃了,他完全忽视了我的存在。有时,我饥渴交加,跳上他的膝头不停地叫唤,而他,对我的恳求无动于衷!情急之下我又自己试图去打开冰箱,然而那不是我力所能及的事。好不容易盼到他想起来要就餐了,我饥肠辘辘,爪子颤个不停,从他手里抢了一根香肠吃下去,但我再要吃第二根就没有了。他只顾自己吃,根本听不见我的叫声。主人的行为激怒了我,我是一个活物,不是一件摆设,我每天要吃喝拉撒,并且我在他的熏陶之下早就有了平等意识,我必须让他看到这一点!当我想到这里的时候,我决定奋起捍卫我自己的权利。我所做的就是在主人打开冰箱之际蹿进去,我要在那里头吃个痛快!

他没看到我,马上将冰箱门关上了。我找到他存放的油炸海鱼,立刻饱嚼了一顿。但我越吃越不对劲,可怕的严寒不但穿透了我的皮毛,而且穿透了我的内脏。很快我就寸步难行了。我蜷缩在食品搁架上,一会儿就失去了意识。我做了一个又长又困难的梦,梦中的天空里飞满了形状像冰花一样的蝴蝶,其中有两只摇摇晃晃地停在我的鼻尖上头,它们沾了我呼出的热气之后就化为两股水流顺脸流下,弄得我不停地打喷嚏。

这一觉差点要了我的命。我醒来时已经躺在主人卧室里的地毯上头。这是我第一次进入主人的卧室,我一直把这个房间称为密室。房里的摆设出奇的简陋,显出一种清苦的风范:硬木床、木椅、一个粗笨的书桌,再就是一个堆满了文件的书架。这个房里本来是有窗户的,但都被主人用夹板钉死了,一丝光都透不进来。右边的墙上支着一盏光线微弱的荧光灯,那是房里唯一的光源。我想开口叫,可是我的被冻僵的嘴和喉咙还没有恢复功能,而且我也动不了。

"你为什么也要学着像我一样搞这种把戏呢?前些日子我在家里上吊过一次,那可是由于心理上的需要啊。我是一个人,所以才会有这些怪里怪气的需要。你是一只猫,你就是再了解我,也变不成一个人。所以你是不可能有我那种心理上的需要的,你说对吗?你现在把自己弄成这副模样了,我一看见你就觉得自己有罪。你不应该到冰箱里去,那不是你待的处所,要是你饥饿难当,你可以从我腿上咬一块肉下来充饥。为什么你不从我腿上咬一块肉下来呢?你的心太软了,这于你、于我都无好处,只会使我变得一天比一天更阴险、更冷血。我说的这些你听见了吗?你要是听见了,就动一动眼珠子,好让我放心啊。"

我从不曾感到我的主人是个丑陋的人,可是他自言自语说完这一通之后,我觉得他实在是丑陋不堪。不过他说得多么在理啊!他是背对着我在书桌那里说的这番话,即使我转动我的眼珠子,他也未必看得见。我还是用力睁了睁眼,而他陷入了沉思之中。我听见有一个人在楼梯那里上上下下的,莫非是他?!

冰箱事件之后,我的一条腿坏掉了。我的体形因此变得很不雅观,走路一瘸一拐的。主人出于怜悯,将我的生活水平提高了,几乎顿顿有鲜鱼,有牛奶。而我,由于吃得太多活动太少经常腹泻。我发现我的受伤对主人产生了很大的影响。这段日子以来,他对我的挂牵越来越多了,这使得他无法像往常那样随心所欲。每天上午他都得出去到市场采购,不光为他自己,主要是为我的一日三餐操心。不时地,他还为我增加一些美妙小吃——紫菜、鱼松之类。他的生活在逐渐接近普通人。我心里对此的感受是很复杂的,既暗暗高兴,又觉得内疚,还有点担忧。我感到主人在为我做出牺牲,这样做很可能会引起不好的后果。他并不是普通人,而是一个有特殊需求的人,现在他如此压抑自己的本性,会不会导致恶性发作呢?要知道,在我进入他的生活之前,他可是过了几十年不管不顾的日子,从来也不会委屈自己的。

不过我的担心渐渐显出是多余的。主人的性情并没有因为我的受伤而加倍畸形,相反,他有了某种程度上的振作,他对生活更为积极了,也不再像过去那么无所事事了。人如果对日常生活稍微有点讲究的话,一日三餐,外加室内卫生之类的活儿是要占去很多时间的。我刚刚受伤时主人做这些事还有些不情愿的样子,因为他早就适应了简单的生活,冰箱里堆的全是那些现成的食品,现在却要买新鲜的,尤其是还得专门为我准备饭食。所以有时候,他简直有些手忙脚乱了。不过他的能力很强,很快就将家务打理清楚了。到了最近,他简直是有点以做家务为乐趣了,还边做边吹口哨呢!这一来,他胡思乱想的时间自然是减少了,只是在早上起床后有那么短短的一段时间陷入遐想中不能自拔,然后他就像听到了警笛一样一跃而起,"投入了日常生活的洪流"(这是我形容他的句子)。

有一件令我万分惊讶的事发生了。那一天,我在房间外面散步回来时,一眼就见到那个黑人站在我们门口,他似乎是犹豫了一会儿,但他推门进去了。五秒钟之后他又出来了。他仍是那副表情:牙关紧咬,目光逼人。他像浓黑的影子一样闪进电梯内,悄悄地下去了。我进到屋里,看见主人在灶上煮鱼汤。他系着围裙,忙得不亦乐乎。那五秒钟里头发生了什么呢?是他们之间进行了简短的交谈,还是主人根本没见日夜盼望的不速之客?我通过观察发现后者的可能性最大。莫非他心中的偶像倒塌了?

第二天我更为仔细地观察他,一大早,他去阳台上发愣时我就死盯着他。我的观察告诉我,他心底的期盼一点都没消失,还因为时间的浓缩而更强烈了。他的眼睛看着天边,双手痉挛一般抓住阳台的铁护栏,我真担心他要从这高楼上跳下去。一会儿工夫,他眼里就盈满了悔恨的泪水。他悔恨什么呢?是因为他当时没有觉察到黑人的光临,而后来通过蛛丝马迹发现了这一点吗?那么,他为什么会变得如此的麻木,连朝思暮想的人的到来都错过了呢?据我的经验,黑人虽动作如浮水之人,也还是不至于无声无息的。答案只能是主人被日常生活压迫得神经有些麻木了。当我想到此处的时候,主人已经冷静下来了。他用冷水冲了冲发热的脑袋,洗了一把脸,便义无反顾地提着菜篮子到市场去了。他的自我控制力变得多么强了啊。

主人的工作效率很可能是更为提高了。有时我看见他走进密室不到一个小时就出来了,而他在工作上也似乎更为春风得意。他仍然不同任何人密切来往,坚持着寂寞的单身汉的生活。我是从老编务的口中得知主人的提升的,我听见那老头称他为"社长",还责备他说他的个人生活太清苦了,应该好好享受一下。当时我脑子里就产生了一个念头:如果那黑人叫他放弃一切,跟他去天涯海角,他会不会去呢?后来的事实证明我的想法是完全错了。

一般来说主人半个月才去一次报社,因为那社里还有一位社长在主持日常工作,我的主人常在电话里和他讨论工作。有时也有报社的人打电话来,不过这种情形不是太多。近来形势发生了很大的变化,我们家里的电话频繁地响起来了。据我观察,来找主人的那些人基本上都不是为了工作上的事,而是为了一些私人恩怨在电话里头向主人诉说。由于打电话的人比较多,那些人又似乎属于各种各样相互对立的派别,每个人打电话都在攻击另外的人,主人的态度就显得十分滑稽。主人对每个打电话来的人都加以赞赏,并附和他们的言论,在电话里搞得皆大欢喜。于是我作为旁观者,就听到了许多自相矛盾的话从主人口里说出来。他今天这样说,明天又那样说,说的时候巧舌如簧,说过后又长吁短叹,后悔不已,厌烦至极。但到了下一次,电话铃一响,他又不由自主地跑过去接听,有时搞得都耽误了他做家务。我对于他报社里的那些"长舌妇"是极为反感的,心里认为他们都是些寄生虫。同时我又感到迷惑:像主人这样我行我素的清高人物,怎么会如此在乎他这些鄙俗的下属,甚至不惜亲自去污水坑里搅和呢?为了表明我的反感,我好几次跳上茶几,假装无意似的往电话机上跳,将话筒弄得歪向一边,使得那些人的电话打不进来。然而主人近日变得格外精心了,他隔一会儿就来检查一下电话放好没有,就如同背后长了眼睛似的,所以我的小小的阴谋没法得逞。

　　事情越来越严重,那些人光是打电话还不够意思了,我听出来他们在逼迫主人处理他们之间的矛盾。似乎是,每个通话者都要求主人去为他"作证"。我暗暗觉得大事不好,心里埋怨主人太没原则,不该与那些人搅在一起,介入他们之间的那些乌七八糟的事。每次接了电话之后,主人都苦恼不堪,半天恢复不过来。又过了几天,那些人的要求越来越强烈,还带一点威胁的意味了。其中有一个人提到黑人，说黑人已经到了报社大厅，在等着主人赶去那里。主人接了这个关于黑人的电话之后脸色变得灰白，双膝发软。他昏头昏脑地胡乱收拾了一下就匆匆赶往报社去了。那一天余下的日子我简直就像掉进了地狱，我认为他此去凶多吉少，集体的谋害就要实施。

他是在深夜回来的，不但没送命，还情绪高昂地在卫生间唱歌。洗完澡他就精神抖擞地进密室工作去了。

第二天电话铃又响个不停，我听到主人不断地在电话里说粗话，开粗俗的玩笑，简直就像换了个人。当然除了打电话，他对我的照顾还是很不错的，他见缝插针地抽时间做家务，显得精神饱满。我想，我应当适应主人的这种新面貌，努力观察，思索，追上他的思路。到了下午，黑人又通过一个通话者叫他到单位去（我从主人的表情看出是黑人在叫他），他听到这个信息后又激动得不能自已，立刻就动身了。经过了这样两次我才恍然大悟：原来使主人去那污水坑里搅和正是黑人的主意！

晚上他带着两个尖嘴猴腮的家伙回来了。这两个人跷着二郎腿坐在沙发上，一支接一支地抽烟，还往地下吐痰。坐了不到一分钟，他们就说起老编务，言语之间暗示他是个马屁精。我知道主人同编务老头交情很深，工作上有默契。可是他为什么不制止这两个人的诽谤呢？他坐在那里认真地听着，还微微点头认可他们的意见。

得到鼓励后，两人中老一点的那个就更放肆了，他建议主人让那老编务"另谋生路"，把位置让给别人。当老家伙说话之际，门吱呀一声开了，门外站着黑人。走廊的灯光下，黑人的脸显得发灰，脸上表情沉痛，豆大的汗珠从他的额头滚到脸上。我看见他全身抖得很厉害。屋里说话的人闭了嘴，每个人都盯着门外的黑人。忽然，黑人的脖子上就像中了一枪似的，他的脑袋猛地垂到了胸前。一股看不见的力拖着他往后退，一直退到电梯门那里。门一开，他就跌进电梯，电梯迅速地滑下去了。

"真是个不甘寂寞的热心人啊。"尖嘴猴腮的老家伙叹道，"要是他知道了像老编务这种不诚实的人混在我们当中，他也会建议您加以清除的，您说是吗？"

"有道理，有道理。"

主人心不在焉地附和着，眼睛仍然死盯着房门外的电梯间，仿佛黑人会突然从那里走出来似的。主人的这种处世方式令我极为不满，我万万没想到他会变得如此格调低下，他的表情有时就同社会上的那些"混混"差不多了。但那黑人，究竟是为了什么事情感到沉痛呢？我又想，既然主人现在已经能够同社会上的人打成一片了，也许他就不需要我了吧。这些时候，我一直认为他是需要我的，我同他单独待在一起时有种同整个世界对抗的自豪感。现在这种对抗不存在了，他会不会赶我走呢？他不是已经同意了清除老编务吗？我想着想着就绝望了。如果他赶我走的话，我就只好在楼梯间里流浪了，因为我是不能狠心抛下他的，他总还有需要我的一天。

那个年轻一点的尖嘴猴腮的家伙最令我反感。他不说话，但是他的脚始终在茶几下面的地毯上擂来擂去的，将茶几都扯动了，使得茶几上的饮料翻倒在地，弄脏了地毯。要知道这地毯是我的床啊。我很想在他腿上咬一口，可这家伙灵活透顶，像个杂技演员。结果是我不但没咬到他，反被他一脚踹伤了背，躺在地上动弹不得。

主人看见了之后便说道：

"我家老猫有争强好胜的毛病。"

我听了气得发疯。

大概主人怕那家伙再伤害我，他就将我抱到他卧室的木板床上，然后关上了卧室的门。后来我昏昏地睡着了，也不知那两个人什么时候走的。

半夜醒来，我看见主人在桌边奋笔疾书，他灵感泉涌，背影看上去像一个狂人似的。我不懂得他写的东西，我对报纸是外行，我却知道，主人此刻攀上了一种非常高的境界，享受着旁人享受不到的幸福时光。我为他感到高兴。要知道，就在几小时前，我还担心他会彻底变成一个"混混"呢，他的变化超出了我的理解。

主人见我醒了，就走过来坐在旁边，一边叹气一边诉说。

"老猫啊，你为什么要得罪我的同事呢？你这种自以为是的脾气要改一改了。这不，你可吃了大亏了。我还知道你故意把电话挪开，使得我的同事打不进来。你这是何苦呢？要知道，即使他们打不通电话，他们也会想方设法同我联系的，谁也阻挡不了。你要明白你虽然是一只聪明的猫，可是我的思维远比你复杂。就比如说我的这些同事吧，你认为他们俗不可耐，因而不屑一顾，我不是这样看的。他们都是真正关心我的人，要不他们才不会跑这么远到我家来呢。你不要与他们有对抗情绪，要把他们看作朋友，你这样做的话就是帮了我的大忙了。老猫啊，你一定要相信我，要是连你都不相信我，我活在这世上还会有什么意义呢？"

他说到后来差不多是声泪俱下了。对他这些话我虽听不入耳，可是他话里透出的亲情却感动了我。于是我也流泪了。就这样，主人同我哭成一堆。

哭了这一顿之后，我的背也好多了。我没有理由不相信我的主人，不管他是什么样的人我都要自始至终相信他，我心里决定了。如果他有时对自己一贯的操守厌烦了，愿意做一做"混混"，我也应该绝对忠于他。正如他说的，他远比我复杂，所以我决不能凭表面的东西来判断他的为人。

当我想通这个道理之后，我的背痛就完全消失了。我站起来，爬上主人的膝头，偎在他怀里，又同他一道静静地流起泪来。事实上，我也不太明白我为什么要流泪。是感动？是悲喜交加？还是某种程度的后悔？抑或某种程度的惋惜？主人的眼泪一定有复杂得多的含义，我既然弄不懂，就糊里糊涂地顺从他算了。白天里那么兴奋的主人此刻泪如泉涌，把我的毛都弄湿了。他嘶哑着喉咙念叨：

"唉，老猫啊——唉，老猫啊……"

哭完后我们就到厨房里去好好地吃了一顿香肠、熏鱼，喝了牛奶。在这半夜的美餐之际，我感到自己同主人一下子接近了许多。像往常一样，他的右手举起啤酒杯，然后这只手在空中停顿一两秒钟，酒杯这才慢慢地到达他的唇边。他喝酒也不是一口气喝完，而是抿一口，留在嘴里，犹豫不决半天之后才吞下去。本来我对他的这套动作已经很习惯了，也就不去注意，今天夜里我却突然从他的动作里头感受到了一种新东西，我越盯着他看，越觉得他需要我去深入地理解。

主人被我看得不好意思了，放下杯子问道：

"这世上还有比我和你之间更深厚的亲情么？"

但是毕竟，我并不确切地懂得他这个人。也许我唯一能做的就是耐心地等待，等到事情自然而然地水落石出，等到来无影去无踪的黑人同他重逢，透露出有关神奇的人生的更多信息。

龟

袁氏大娘挑完水,将水缸的盖子盖好,便坐下来择菜。一会儿工夫,那只久违了的龟就摇摇摆摆地爬进了堂屋。

龟还是去年秋天来过的。它当时灰头土脸的,背甲也开了裂,一只后爪被什么东西削掉了一半。袁氏大娘将它安顿在一个大瓦罐里头,盛上水,每天扔些饭粒和蔬菜进去,隔一天换一次水。它在那里头住了十来天才离开,而往年,它最多在她家待一天就走了。去年秋天袁氏大娘的儿子死了,是帮别人盖房从梁上掉下来摔死的,那段时间她沉浸在悲苦之中不能自拔。龟来了之后,她同它产生了一种相依为命的感情。可是没多久它又走了。它走的那个下午,袁氏大娘站在空空落落的院子里,听见有人在她的堆房后面劈柴。她感到诧异,就绕到那边去看。原来是哑巴，但哑巴并不是帮她劈柴，而是将她用来做凳子用的一个树墩劈了个稀烂，然后就大摇大摆地走了。袁氏大娘怔怔地站在那里，孤立无援的恐惧深入到了骨髓里头。

这一次，她将它放到潲水缸里头，让它吃那里头的饭粒。她看见它背甲上的裂口已经愈合，这使得那些花纹有些不对称了。它的眼睛也比原来显得混浊，像得了老年白内障似的。袁氏大娘想，生活在清澈的山溪里头的它，怎么会眼睛患病呢？龟感激地在潲水缸里头就餐，不时还抬头看一看她。待它吃饱了她就将它提出来放在地上，它爬到水缸底下，就缩在龟甲里一动不动了。它需要休息。

洗完菜，将木盆里的水端到沟边去倒掉时，袁氏大娘看见了外村新娘出嫁的队伍，那母亲哭得额外悲伤，两个老娘都搀扶不住，一不小心她就往地上撞去。袁氏大娘看呆了，没注意到龟已经从她脚边爬出去。待她发现时，龟已爬到了大路边，在尘土飞扬之中蹒跚前行。她吃惊不小，她感到龟是在寻死。大路上那么多的车，它躲得开吗？以往它都是从沟里离开，然后进入那条小溪，所以袁氏大娘一直将它看作生活在山里的山龟。这一次它是怎么啦？还是从来它就并不是生活在山里的？出嫁的队伍弄得她心情不好，她懒得去追踪龟的旅行路线了。

屋里面,瘫痪了的袁氏用两只手撑着从床上爬到了地上,他将被子也拖到了地上。袁氏大娘冲过去将被子搂到床上。突然她的眼睛发直了,因为她看见丈夫在地上爬的样子很像那只龟。难道真有转世投胎的事发生?丈夫爬到门口,又爬回来了,然后他动作娴熟地爬上了床。

"按理说,秋儿去了这么久,也该回来看看了。别人家的孩子都回来了嘛。"袁氏说。

"谁家的孩子回来了?你怎么知道的?"

袁氏大娘一边拍打床上的灰一边问。

"我还能不知道吗?我什么都知道。许良家的就回来了。"

她吃了一惊,腿有点发软。许良家的儿子奥是被老虎吃掉的,连尸体都没了。

"一连三天,许良在夜里看见门口的草垛里伸出一只虎头。"

袁氏大娘心里头害怕,赶紧从卧房里走出去,她家老头越来越古怪,也越来越精了。

袁氏的双腿坏得很蹊跷,他从外头砍了柴回来,坐在堂屋里歇息,突然双腿就不能动了。而从外表看,一点都看不出有什么损伤。这事发生在三年前。袁氏大娘感到丈夫身上发生了巨大的变化,自从他瘫痪以来,他就成了一个心明眼亮的人了,虽然他还是没能预感到儿子的意外丧生。平时,袁氏大娘称丈夫为"瘫子",而他,似乎很喜欢这个称呼,他愿意别人说到他的残疾。偶尔有客人来,他总是主动提起关于自己的腿的事。

由于袁氏说了奥的事情,袁氏大娘一上午都心神不定。快中午时,邻居大黄从门前过,问她袁氏想不想吃龟,是马路边捡的,刚被压死。说着他就将手里的龟扔到堂屋里。袁氏大娘低头一看,并不是来她家的那一只老龟,是另外一只小得多的。大黄一走,袁氏就在里屋大声说话,要她将死龟埋到院子里。

"为什么不能吃呢?"她问。

"那家伙到处捕杀,周围的龟都要绝迹了。"

袁氏大娘想起她那只龟在大路上蹒跚前行的样子,心里琢磨不知它能否躲过一劫。它必定是感到了溪水里隐藏的杀机,这才铤而走险,混入尘土飞扬的车流之中。

"为什么他要捕杀这些龟呢?"她又问。

"他老婆临死时有只龟爬到她房里来。我们这个村从前遭过难。"

袁氏大娘思忖着,假如丈夫那时就像现在这么有预见力,儿子也不会死了。这种事后的预见力又能给她带来什么呢?她和他的生活都已经彻底改变了。

二十多年前袁氏大娘来到这个村子的时候,这里简直不像个村子。乍一看,还以为是逃难的人搭起的临时简易棚呢。那时这里几乎是不毛之地,荒草里头稀稀拉拉地栽着一些黄豆。她问丈夫这里的人靠什么为生,丈夫回答说他们每天都要外出打短工。"吃饭的问题算个什么问题呢?随便动一动就有得吃了。"在后来的年头里,房子是陆陆续续盖起来了,但此地的那种赤贫还是令外人吃惊的。袁氏大娘和丈夫没有外出打短工,他们开荒种了很大一片萝卜和芥蓝,用小车推着去镇上卖。后来就有专人来收购他们的蔬菜了,日子也越过越好了,不过遗憾的是他们的儿子不安分,非要外出打短工,说是要"见世面"。袁氏对儿子的事不管不问,于是儿子就跟着一队建筑小工离家了。袁氏大娘只要一回忆起儿子那惨烈的死亡就浑身发抖,这件事,她心里对于丈夫是有积怨的,她觉得他根本不爱儿子。她虽然没把自己的想法说出来,但从那以来,她就同丈夫疏远了。然而今天,这个瘫痪在床的人却主动说起了儿子,还举了一个令她毛骨悚然的例子,袁氏大娘感到他的心是一条又深又幽暗的隧道。

　　毕竟,她来这里只有二十多年,而丈夫是土生土长的。在丈夫的叙述中,这个村子从前的情形总是模模糊糊的,也许他要隐瞒什么吧。有时,她一个人去地里干活,在寂静之中会突然感到自己是一场早就预谋好了的事件中的牺牲品。既然对村里的历史完全无知，也就不能看透丈夫的心思。不能说她心甘情愿做牺牲品，但如果她永远不意识到，不就等于某件事根本不存在一样吗？

浇完萝卜后，她感到身子骨有些发虚，就在地头坐一坐。已经是傍晚了，村子里稀稀拉拉地升起了三四根炊烟，大部分人都还在外面没回来。她想，丈夫也许已经饿了吧，就让他尝尝挨饿的味道，这对他有好处。儿子刚死那会儿，她干活常走神，因为觉得不管做什么都没有多大意义了。然而有一件事很快改变了她的心境。一天夜里她被恐怖的狼嗥声惊醒，那只狼就在屋门口叫，还一下一下往大门上撞。奇怪的是丈夫的卧室里也有一只狼，外面的狼叫一声，里面的狼就回应一声，而且里头的这只似乎是一只老狼，声音苍老、喑哑。那声音给人的感觉是它老得路都走不动了。袁氏大娘想把自己锁在卧室里头，可是终于抑制不住好奇心，举着灯往丈夫房里走去。门是虚掩的，一推就开了，丈夫正蒙头大睡呢。这时外面那只狼也静下来了。她问他听到什么没有，他吃惊地坐起来说没有。她告诉他外面有狼叫，里面也有狼叫。他听了就笑起来，说："好啊，好啊。"她就问是不是他自己在叫。袁氏回答说，他倒是很想叫一叫，可惜叫不出，喉咙坏了。他说着就张大嘴巴让她看他的喉咙，她骇然看见了嘴巴里的两颗獠牙,于是尖叫一声,晕倒在地。一直过了好久,她仍然不能确定那天夜里的事是不是一个梦,她也再想不起她到底是怎么醒过来的,醒来后又在什么地方。只有一件事可以肯定:丈夫嘴里并没有獠牙,绝对没有。后来她也试探性地问了他关于狼的事,但他的神情很漠然。然而袁氏大娘忽然就从无边的悲痛中苏醒过来了,时不时地,她的耳边总有一两只狼在叫,而且又有几次将她从梦里惊醒。对于丈夫房里传出狼嗥这件事,她从未说出来过,可是她的心底冒出了奇怪的念头。比如她想,村人的老祖宗们会不会是特种的狼群呢?当她挑着肥料同这些人狭路相逢时,她的腿子会忽然发抖,因为看见了发出磷光的眼睛。现在她坐在地头,看见一个人从远处走近,那人躲躲闪闪的,像是有什么可怕的野物在后面追赶他。

"原来是你,大娘!天黑了,我看不清。"蒲香说道,他站住了。

"蒲香,有什么东西追你吗?"

"没有。只不过是踩了一个硬东西,我一看是一只老乌龟,就害怕了。"

"龟背上有裂缝吗?"

"啊,大娘,你怎么知道的。那是一只龟吗?我觉得不是。"

"你看是什么呢?"

"我觉得……我觉得它是我姥姥!我姥姥的背也是那么硬,我同她打架,我的拳头砸到她背上,结果啊,我自己痛了两三天!"

"你今天上哪里打工去了?"

"我们在帮人插红薯。我计划到外村去做女婿。"

蒲香那模糊的背影让袁氏大娘记起一个人,那人是村里的,很早就死了,村人都叫他"龙"。龙也同蒲香一样,走在路上总是躲躲闪闪的。她越看越觉得眼前的背影像那个人,莫非那个人是他的儿子?但这是不可能的,那人死的时候,蒲香还没生,他才十六岁呢。十六岁的小孩子,就计划离开这里,到外村去做女婿了。这里的人真有心计啊。那么儿子的事,究竟是由于莽撞还是由于心计太深呢?

袁氏大娘将桶和扁担放在堂屋里,就到厨房去做饭。经过丈夫卧房时,看见他又把被子拖到了地上。她一边烧火一边想,这几天,他是多么情急啊,难道有什么变故发生了吗?她真想听他说一说,可是怨恨积在心底,她又不愿同他太亲近。

在炒萝卜秧子的香气里头,她的思路渐渐变得清晰了。有一条隐蔽的小路通到村子那云雾重重的过去。此地到处都是那种蛛丝马迹啊。

"喂,你说,秋儿回来过了吗?"

她朝卧房那边探出身子,高声说。

丈夫房里一阵乱响,似乎弄翻了一张椅子,一个玻璃杯也落在地上打碎了。

"回来过了吗?"她又说了一声。

然后她站起身往房里走去。

房里很黑,灯盏里头的油快干了,仅仅只照亮了窗台。丈夫坐在地上,用手在周围乱摸,口里抱怨着什么。

"你找什么东西?"

"刚才他就来过了,你没听见吗?你叫叫嚷嚷的,他就走了。我们这里的人都这样。我们不怕死……你来了这么久,却还不知道。"

她帮他将被子搂到床上,又给灯盏里添了油,这才回到厨房。

吃饭时,袁氏将脸埋在海碗里头,边吃边想心事。

"他还会来吗?"

"难说。"

"你是支持他去做建筑小工的,是吗?"她忍不住将憋在心里的话讲了出来。

"可以这么说吧。"他叹了口气,放下碗,"人的一生总得自己去闯一闯。"

她收走了碗好久好久,他还坐在地上。灯不知怎么黑了,月光落在地上,男人乱糟糟的头发似乎在冒烟。她不敢看他,越看越心慌。

她走到堂屋里,摘下墙上的相框来看,相框里是他们一家三口人,儿子显得很腼腆。当她仔细打量时,她发现相片里还有第四个人,那人靠墙侧身而立。她清楚地记得拍照时在场的除了摄影师就是她一家三口,那人是谁呢?她将照片看了又看,那人的形象还是唤不起熟悉感,很显然她不认识他。

袁氏对于自己瘫痪的事心里很坦然。那一年他看见村里的每一个人背后都有一个影子。他站在大路岔口边看,发现他们出外打短工时那影子就留在村里了。他对自己说,要出问题了,事情有点糟糕。可是这种情形延续了一个月他的腿才坏。当时他的确有如释重负的感觉。以前他很少同人来往,后来他放下窗帘半躺在床上时,邻居们就在房里的暗处说起话来,那种交流是很隐晦的,他们之间谈的全是些鸡毛蒜皮的小事——村里的某某盖了房,房子没有屋顶,用油布篷遮着啦;水渠里的小鱼们不见踪影了啦;谁家生了个死婴啦;某某拆旧房拆出一条老蛇啦等等。他们之间谈话的声音很小,只有他们自己听得见,而那些邻居始终不现身。

"你的嘴巴在动,你在说话吗?"

他听到有一个人在房里问他，但那个人也同样不现身。自从同村里人进行了这种沟通以来，一股欣快的情绪就笼罩着他，他感到自己大脑深处的那些沟壑全都变得敞亮起来，身子骨也轻灵了，即便双腿不能行走也无大碍。他同儿子的最后一次长谈就是在这种隐蔽场合进行的。儿子临行前没有睡觉，待在房里的暗处同他谈了一个通宵。他们相互都看不见对方。天亮时，袁氏照了一下镜子，被吓了一跳。里面的那个人有一张鲜嫩的、青年的脸，那会是自己吗？后来儿子的死讯传来他是很镇定的，镇定得令老婆怨恨不已。袁氏大娘一直不知道丈夫的秘密活动。

太阳偏西的时候，他就会感到热。因为他听到了那人在骑马狂奔，朝萝卜地这边过来了，马蹄的铁掌一下一下踩在他胸膛上。他翻转身俯卧，便又踩在背上。"秋儿，秋儿。"他小声地说。时常，他将一只手伸到床底下，那下面有一只龟轻轻地咬他的手背。这只龟就是他老婆喂养的那只，但老婆不知道它躲在家里，因为每次她都看见它从阴沟里爬到小溪里头去了。这是一只老奸巨猾的龟，同他交往了二十年了。它背上的裂缝不是被人砸的，而是它故意从悬崖上栽下去弄的，袁氏亲眼看见了这一幕。龟一直用轻咬他的方式同他对话，有时候，它还急躁地用前爪抓他。近来，它咬他时却显得有气无力，敷衍似的蹭他几下就完了。

难道它的生命快到尽头了吗?

袁氏经常从床上扑到地上(不是爬,而是扑),在那种时候,他是摔不痛的,因为他感觉自己是骑在马背上飞跃,满脑子全是热血冲动。然而他将被子拖到地上弄脏了。袁氏大娘对这事从不抱怨,似乎看透了他的心思。袁氏知道她希望他保持精力。她进来收拾被子之际,他便看见巨型蝴蝶在她身后飞。

"蒲香,你打定主意了?"袁氏问他。

蒲香眼睛望着地下,一双大手在裤腿两侧擦来擦去的。

"岩村总比这里好。"少年说了这话后就抬起头,目光变得坚定了。

一阵长长的沉默。袁氏想,他怎么还不走呢?那只龟要从床底下出来了,袁氏不愿他看见它。这个少年,小小年纪就安排好自己的前途,义无反顾地去做别人家的女婿,令他刮目相看。

龟终于憋不住出来了,挨着墙边爬。

"它!"

少年鼓着眼,脸上变了色。

"你怕它吗?"

"我、我……它怎么……它怎么……"他说不出来。

龟爬出去了。

"这里怎么啦？"袁氏又问。

"没有一天不动乱，天天夜里有一场混战。可是白天才是最难熬的呢，这里一个人影都没有，刚才我到您这里来时，路上的那几棵酸枣树把我吓坏了。要知道那可不是什么树，这里的树都不是树。"

袁氏想，不是树的话，是什么呢？他也陷入蒲香的迷惑中了。他在床上坐舒服一点，思维进入混乱的岁月。蒲香悄悄地退出去了，他的动作像猫一样轻灵，一会儿，他的身影就被夜幕吞没了。袁氏感到天花板正在洞开，四周的墙消失了。

当他的躯体再次回到屋子里时，他看见袁氏大娘在油灯旁边梳头。梳子刮在她花白的头发上，发出涩涩的响声。她对他说已经下半夜了。起先她放心不下，到他房里看了看，居然他不在。于是她到周围找了一圈。再回到屋里时，他也回来了。

"黑灯瞎火的，你躲在哪里呢？"她说。

他说他不知道，他真的不知道。也许她知道，却故意问？

"有好几个孩子都去别人家做女婿了。我看这是一件好事，我们村的影响正在扩大。"

她说话时袁氏盯了她一眼，从她脸上看出了她青年时代的眉眼。

"那么秋儿的事呢?"

"或许我会想通吧。"她有点踌躇地回答,"就比如你,虽然瘫痪了,还不是到处跑啊?谁能拦得住?不过像秋儿这样总不露面……"

她突然伤心起来,就离开丈夫往堂屋里走,在那里找了把椅子坐下了。门没关,是她刚才去找他时打开的。外面有个人咳嗽,是蒲香的妹妹。

蒲香的妹妹往屋里探了探头,袁氏大娘叫住了她。

"我找蒲香呢。"她说,"蒲香天一亮就要出发了,可他还不待在家里。你们屋里怎么回事呢?刚才我看见有人影从窗口跳出去,真吓人。"

"你能告诉我那人像谁吗?"袁氏大娘和蔼地将手放在她瘦削的肩上。

"像谁呢,我看像袁大叔嘛。"她哧哧地笑着说。

"可是你大叔的腿坏掉了啊。"

"前些日子,我亲眼看见一个没有腿的人挑一担萝卜进城呢。那个人像浮在空气里头的半截人。可惜只有我一个人看见了,我指给别人看,别人都看不见。啊,我好像看见蒲香回去了,我得走了。"

袁氏大娘听见丈夫在咳嗽,心里渐渐平静下来。她想,既然没有什么事是不可能的,她就不应该绝望。

春天里，鸭儿鸟儿在地头吵成一团的时候，袁氏大娘感到漆黑一团的前途有些敞亮了。她看着村里人三三两两往外走，便想起丈夫的话："你想到什么地方去就可以到什么地方去。"她眼前出现了种种的可能性。看来幽灵的世界不是不可能存在的啊。

"大娘，我见过你的那只龟了。它正准备从悬崖上摔下去。"阿七眨着眼说。

"阿七，你打算一辈子住在你叔叔家啊，应该自己盖房。"

她说这话时做出郑重的神气，为的是把话岔开。

"那有什么。盖房？我怕麻烦，再说钱也不够啊。"

她很喜欢他这种纯朴的态度，这个村里的人都是这样的，包括她丈夫。从前她住在城里时还不会这样来考虑问题呢。乌龟的事又萦绕在她心头了，她想象它在悬崖上探头探脑的样子。如果秋儿当时是怀着和乌龟同样的心态呢？从前她一直把秋儿当城里人看待，看来他本质上还是个乡下人，难怪丈夫同他之间有某种沟通。

她还想和阿七说些什么，可是阿七已经走远了，他着急去打工呢。这里的人都这样，早出晚归，和日出日落一样。袁氏大娘想象着乌龟的历程，她脑子里出现了一个伸向无限深处的、闪光的环，这个环就是乌龟的路线。乌龟至少要一年时间才完成它的环行。当它沿着既定目标爬行的时候,它是不知道畏惧的。她记得有一天早上,她去给它换水,看见它将脑袋从碎米和饭屑里头抬起来,它整个的表情显得那么悲凉。那个时候秋儿也对乌龟很感兴趣,他可以没日没夜地坐在缸边陪它,灯油都熬掉了几瓶。"他太投入了。"她对丈夫说。丈夫的态度却很暧昧,似乎不愿谈这事。没多久它就走了,然后秋儿也走了。

"走了好!走了好!"

袁氏大娘吓了一大跳,一回头,看见是蒲香的父亲。男人露出一口黄牙。

"你说的是蒲香吗?"

"是啊,还有秋儿。"

她很讨厌他用这种口气说话,可是又觉得他气势压人,自己没法反驳。男人进了屋,往她丈夫卧房里走去,然后顺手关上了卧室的门。谈话的声音响了起来。袁氏大娘听不清他们说些什么,于是很心烦。她拿了布袋打算去镇上买面粉。

她走到路上,感到脚发软,这是近来常有的事,就好像会要一脚腾空,踏入无底的深渊似的。野草在荒地里旺盛地生长,到处都洋溢着一股邪恶的活力。慢慢地,袁氏大娘被感染了,大雁的队形开始令她的眼睛发亮。她走了好久,没有碰到一个人。这么多年过去了,这周围的土地还是大片大片地荒废着，人心始终收不拢，几乎是全体向外，哪怕是残废的丈夫也不例外。从前进村的时候，她曾看见村头有一间很正规的砖房，顶上盖的是蓝色的琉璃瓦。她问过袁氏，袁氏说那是一栋空房，房主人早就离开了。一开始，去地里干活经过那栋屋时，她总爱驻足打量它，想象一番屋内的生活。这种颓败的村子里居然有这样用心盖起来的房子，真像一个异物。大约在她到来的第三年，房子就被拆了。村人们拖走了那些砖瓦，在原地搭起了一个瞭望台，也不知是用来瞭望什么的。现在她经过这个瞭望台，忍不住又登上去看了看。然而这一次，她看到的情形让她吓了一跳。在那个杉木搭起的平台上放眼望去，整个村子完全变形了。没有村子，只有光秃秃的沙地，沙地上显出一个一个的黑洞，洞里冒出烟来。那些烟升到一定的高度就凝成一大片，笼罩在这沙地之上，使整个风景看上去暮气沉沉。袁氏大娘立刻下来了，荒地那边有人在叫她，那人挥着手，一跳一跳的，很着急的样子。待她走过去时，那人却又不见了。她一低头，看见了她的龟，龟正在爬进草丛里头去。却原来龟一直在村里啊，她以为它旅行到很远的地方去了呢。她注视着龟消失在草丛里，又回想起刚才看到的沙地风景，心底刚才萌生的那种活力又被窒息了。

　　一路上她再没碰到人。

直到进了镇口,才看见有几个汉子坐在街边的树底下喝酒。

买面粉的时候,长脸的女营业员告诉她一个消息:地震的消息早就发布过了,这一带正好属于灾区。之所以消息被隐瞒,是怕引起混乱。

"你就买二十斤吗?为什么不多买点?"

"多买干什么呢,没有用的。"她困惑地说,手在微微发抖。

买了面粉往回走的时候,她脑子里生出一个念头:也许她可以就此出走?

到仲夏时,袁氏差不多可以天天用凳子撑着向屋外移动了。他坐在门口的台阶上,好心情地看着那群觅食的鸭。袁氏大娘在西边的地里给茄子浇水,她的身影在蔬菜之间移动着,像一幅画一样。他记起那只龟有好久没来了。这一次,它的活动圈子扩大到什么地方去了呢?当然,不管扩大到哪里,它最终还要爬回来的。他眼前出现它全身蒙灰,在车水马龙的城市里爬行的样子。

蒲香回来过一次,回来的目的很奇怪,找人为自己定做一副棺材。

"年纪轻轻的,着什么急呢?"他对蒲香说。

"做了这事就放下一桩心事。再说,趁现在有能力,早点办了好。"

他说话的神气显得成熟了很多。

一天早上,袁氏尝试着甩掉凳子,站起来走了几步。这小小的胜利并没有给他带来喜悦,只是令他感到紧张。他已经习惯了躺在床上的生活,如果恢复了行走能力,是否意味他要开始行动了呢?

袁氏大娘站在水缸边注视着丈夫,她心里也很紧张,因为昨天夜里,她清楚地听见他在同儿子说话,只不过秋儿的声音听不到。就是在那一瞬间,她心底对丈夫的怨恨完全消失了。后来她做了一个梦,梦见自己落水。尽管知道水很深,也没有人来营救自己,脑子却是出奇的冷静。而此刻,当她看见丈夫迈动脚步时,她就想起了那只龟的行踪是多么的难以预测。所有的人都外出打短工,只有他们俩留守原地,为什么呢?想来想去,大约是因为这块土地上的那些秘密吧。说起来,从第一天起,袁氏就向她说到了那些秘密,只不过当时她没听懂。

她想到这里时便看见丈夫朝她回过头来凄然一笑。

暗夜

齐四爷终于答应带我去猴山了。猴山在同我们相邻的乌县，要走三天，中途还得在别人家借宿。这种事，单是想一想就会令我心花怒放！

我们在昏沉的夜里出发。齐四爷说，这种好事情，不要走漏了消息，一走漏消息，整个计划就会遭到破坏。我虽然不知道"计划"这两个字的意思，但一旦齐四爷说出这两个字，源源不断的、变幻着的遐想就充满了我的脑海。当家人都入睡了的时候，我从卧房溜进厨房，背上事先准备好的干粮，从窗口跳下，来到大路上。

齐四爷住在车水马龙的大路边，这条路连接两个县的交通要道，他那间盖在低洼处的房子，屋顶刚好齐路面。我一边走一边想，齐四爷睡在家里，就可以听到车马和行人在他的上面来来往往,这太有意思了。我也在他家里睡过一夜,同齐四爷睡一张床。我的运气不好,在密不透风的麻布蚊帐里头,我不停地流汗,整夜都在暗无天日的矿洞的噩梦里头挖掘。就是那一次,我失去了我的蟋蟀王,它从我衣袋里跳出来,跳进矿洞的沟里永远消失了。第二天我奔回家,它果然不在瓦罐里头了。尽管这个巨大的损失,齐四爷的家仍然对我有无穷的魅力。只是很遗憾,他坚决不再让我在他家过夜了。他为什么不让我待在那里呢?大人们都是很固执的,他大概要独享一些什么东西吧。

今天夜里特别黑,虽然路上有一些运货的独轮车在我旁边走,我却几乎看不见他们。我尽量紧挨马路最边上走,免得挡了他们的道。在两棵樟树的缺口那里,我用脚探到了花岗岩的台阶,然后小心翼翼地下到洼地里。我遇见了齐四爷的老黄狗,这只狗从来不叫,只是迎上来舔我的手。我随着它进了屋。

屋子里面更黑,可以听到独轮车在头顶吱吱呀呀地走过去。齐四爷在里边弄响着什么东西,我看见他擦燃了一根火柴,但我看不清他到底在干什么。

"敏菊啊,要是找不到借宿的人家,就只好歇在野地里了。"他说。

"不是沿大路一直走吗?怎么会找不到借宿的人家

呢?"我故意这样问,其实心里是很高兴的。

"傻瓜,傻瓜。"

借着外面的一点微光,我勉强看出他背上背着一个包袱。我猜测那里头是窝窝头,还有喂猴子的零食。老黄狗在他屋门口呜咽着,老黄狗干吗要哭呢?

"猴子是很凶残的,阿黄以为我再也回不来了呢。"齐四爷说。

上了大路之后我们就排成单行,齐四爷在前面,我在后面,尽管我们紧挨着路边走,那些独轮车还是不时地撞过来,差点撞到我们身上。那些人咕噜着,说黑灯瞎火的,他们实在没有办法看清路。他们干吗要赶在这个时候运货呢?他们同我们一样,也是怕走漏消息吧。我看不清他们运的是什么东西,好像每个车上都是黑糊糊的一大堆,那很像不值钱的柴火,要是这样的话就太奇怪了。路其实是比较宽的,路的两边栽着樟树,可以模模糊糊看见树冠,我和齐四爷就是凭着这些标志知道自己是走在路边的。但这些独轮车的主人是怎么回事呢?他们是真正的瞎子吗?

又有一个人撞过来了,齐四爷差点和他一块飞出马路,掉到低洼处的灌木丛里去。我们这条路是用泥土高高地堆出来的,就像河堤一样。在家里时,经常听到大人嘱咐小孩:"不要掉到马路下面去了啊。"

"齐四爷,齐四爷!伤着了没有啊?"我朝他弯下腰去,着急地问。

"死不了。"他说,用手撑着身体慢慢起来,"我的包裹……"

我在周围摸索了好久才摸到他的包袱,那里头的食品已经少了一半。

"该死的。"我咬牙切齿地说。

"不要骂他,敏菊,他心里痛苦呢。"

然而那车夫若无其事地走远了,轮子吱吱呀呀地叫着,就像在炫耀。我突然想到,也许这些独轮车都是故意来撞我们的,为了什么呢?就因为心里痛苦吗?我不能理解这些人。他们的人数这么多,一拨又一拨地飞跑而过,说不定哪一下就将我们两个人都撞伤了呢。

齐四爷的脚步放慢了,那背影显得有点畏怯,他的腿也有点瘸。我跟在后面提心吊胆的,生怕又有一个暴徒撞过来搅了我们的好事。想到前面遥远的路程,我有点埋怨他不该在夜里出发,因为根本没有必要走夜路,这老头太固执了。埋怨归埋怨,一想到猴山,便又兴奋起来,警戒自己:可不要被眼下的困难吓倒啊。我没有想到在夜里大路上会有这么多的独轮车,这些心怀痛苦,生活不如意的汉子,愤愤地推着他们的货物前行,没法预料他们会干出什么坏事来。我记起在白天里,我几乎连一辆这种木轮子的独轮车也没见过。白天里他们只在那些山间小路上走。

后来就再也没有车子来撞我们。我们走了很久,大概已是凌晨三四点钟了,齐四爷停了下来,他将包袱放在膝头,靠着树干坐下了,这个时候独轮车已变得稀少。我往地上一坐,眼皮就粘在了一起,我立刻倒在齐四爷的怀里睡着了。也许因为我睡在那一堆窝窝头和给猴子吃的零食上头的缘故,我在梦里没完没了地同几只猴子争抢食品。后来猴山的管理人员来了,将我带进一间墨黑的草房里,说是让我在里头"反省"。他锁上木板门就走了。我突然觉得那人是成心让我在里面饿死,就拼命撞那木板墙。

"敏菊!敏菊!你要把我撞死啊?"齐四爷说着就给了我一巴掌。

我不好意思地揉着眼站起来,又一次在心里埋怨他不该夜里出发。现在路上一辆独轮车也没有了,天特别黑,我心里有点害怕。万一遇上强盗怎么办?

"一过了赤庄,那些鬼魂就不来撞我们了,你看多么清静。"

"那是鬼魂吗?"我吓得一身发抖。

"你还以为是人。有那么多赶夜路的人吗?傻瓜。"

齐四爷轻轻地笑了一声。

我回忆刚才路上的情景,因为后怕脊梁骨都冷了。

"我以前也在夜里到大路上来过,怎么一次也没有看到这些鬼啊?"

"不是每个人都看得见的。当你心里想着到猴山去时,那些家伙就来了。"

我想,齐四爷说这话大概是逗我玩吧。鬼是一些影子,影子怎么可以将他撞得飞起来呢?而且当时我还听到那个车夫发出了沉重的呻吟呢。

路上太寂静,我很想要齐四爷对我讲话,这样我就不至于害怕。可是齐四爷显然是在想自己的心事,不论我问什么他都只回答一两个字,于是我开始盼天亮。

不知又走了多久,反正很久,齐四爷又停下了,说要休息一下。路边连树也没有了,奇怪的是我们也没有掉到路边的洼地里去。路边还是不是洼地呢?路有多宽呢?我什么都看不见,只能勉强看见齐四爷晃动的背影。也有可能我们早就不在大路上了,我没法确定自己在不在。还有,现在应该是早上七八点钟了,天怎么还不亮啊。我把心里的疑惑说了出来。

"是这样,"齐四爷说,"大概七点半了吧。你会习惯的。"

我们开始吃干粮,齐四爷还带了两壶水,他给了我一壶。吃完干粮,齐四爷就站起来,说要找一家人家借宿去。我很高兴,因为我实在走不动了。

我们摸索着下了马路。吃了东西之后,我心里的害怕就减轻了,但还是担心着,怕遇到强盗。我听过太多的关于黑夜里的强盗的事。

马路下面有一排土屋,齐四爷摸到第一家,他没有去敲门,而是敲窗户,就像故事里的强盗一样。里面有个苍老的声音答应了。齐四爷压低了声音同那人说话,我听不清楚,只觉得那人似乎很烦躁,齐四爷正在同他解释。越听到后面我越失望,因为里面发出了吼声,敲窗子的不是齐四爷,而是里面那位了,他在警告齐四爷。也许他将齐四爷当强盗了吧,但又不像,他们俩像是老熟人。齐四爷只好放弃。

第二家要好一些,齐四爷轻轻一敲那人就打开了窗子。可是这只是假象。他一翻过窗户就进到了屋里,我没想到他还如此的身手矫健。当我不耐烦地等在窗外时,里头已经打起来了。只听见一片杂乱的响声,然后齐四爷就被扔出来了,像扔一捆柴一样,那人的力气一定非常大。齐四爷痛苦地呻吟着,间或又发出一声赞叹:"真是个大力士啊。"我问他里头的人是谁,他说不知道,也没法知道,因为根本就看不见。他还说就因为这才打得过瘾。

"敏菊啊,我们就靠着这墙根睡一下吧。动作要快,不然那家伙跑出来,我们又睡不成了。他想要干什么就会干什么。"

齐四爷边说边坐下去,一会儿就打起了鼾。而我呢,就势伏在他膝头上,不到一分钟就入了梦。

我似乎刚睡着就被弄醒了,于是气得哭了起来。我闭着眼,被齐四爷从后面用力推着爬上了马路,又走了一段路我才真正清醒。我向齐四爷提出要在大路边再睡一睡,他说不行,因为那些鬼魂不会放过他。

"要睡的话就只能到马路下面去找那些人家借宿。"

"可是他们不让我们借宿啊。"

"正是这样。不过刚才我们已经睡了一觉,对吗?"

"为什么你要进去和那人打架呢?你和他打架,他就不让你借宿了。"

"这种事是忍不住的,只好这样下去了。"

我想到一件事,那就是周围是如此黑暗,齐四爷却熟门熟路似的,知道从哪里下马路,也知道什么地方有人家可以借宿(虽然没借成)。难道他对这条路如此熟记于心了吗?还是他长着夜猫的眼睛?如果说他长着猫眼,为什么他又说在那家人家什么都看不见呢?他似乎听到了我心里在发问,说:

"我夜夜都在这条路上来回走,你想,我还用得着睁开眼来看吗?"

天一直没亮,我也没法睡,就这样走啊,走啊,腿像灌了铅一样。有一刻我忍不住哭出了声,我一边走一边啜泣。

"哭什么?"齐四爷责备地说,"现在回去还来得及。"

可是我怎能回去呢?且不说已走过的漫漫路途,在这种漆黑的夜里途中可能遭遇的不幸,只要一想到放弃去猴山的乐趣,我就会万念俱灰了。昨天我向阿三他们说到这件事的时候,没有一个人相信。"猴山是什么?根本就不存在一个猴山!"他们肯定地说,"你被那老头骗了。"当时我骄傲地认为他们都是蠢货,懒得同他们解释。我还发誓,以后再也不同他们讨论这种事了,因为只会使自己变得怒气冲冲的。猴山是我同齐四爷之间永久的话题。就是我在他家过夜的那天晚上他告诉我这件事的。据他说这不是一般的猴山,山上的猴也不是真正的猴,而是人与猴之间的一种动物。它们身上有毛,但头部却光溜溜的,而且脑袋也很大。最奇怪的是这些猴相互之间有我们听不懂的、复杂的语言交流。如果在春天里的某一天去猴山,某些猴子便会突然对你开口说人话。但是这种事是很稀少的,时间也必须凑巧,据说是中午十二点,太阳正对你的头顶的时辰。我问齐四爷去过猴山没有，齐四爷说他这一生仅仅去过一次，那一次的情况不堪回首。本来他发了誓，再也不去那里了，可是后来的几十年里头，他总在想着破坏自己的誓言。这两年，他感到自己活不多久了，终于下决心前往。他说，如果他死了，我千万不要将看到的情况说出去，只要记在心里就好。我问他猴子是不是会吃人，他说猴子是很凶残，但对人很友好，决不会吃人的。那么，他为什么会因此而死呢？齐四爷说这是一个秘密，到了猴山谜底就会解开。齐四爷说的事情虽然可怕，但我并不明白那事的底细，对于自己完全感觉不到的事，我是不会那么害怕的。我是多么想听猴子说话啊，还有什么是比同一只说人话的猴子交朋友更大的诱惑呢？

当我想到这里的时候，我决心将自己的双腿忘掉，这一来，我就像浮在空中往前移动的半截身子了。我使劲这样想，一边想一边往地下吐唾沫，好像要将疼痛从身体里头吐出去一样。齐四爷递给我窝窝头和水壶，我一点都不想吃，但他威严地命令我吃，我只好啃了一口。突然，黑暗与寂静之中响起了骚动，似乎是有很多猛禽在空中搏斗。一些冰凉的东西落在我的脸上，不知道是它们伤口流出的血还是它们的排泄物。

"齐四爷！齐四爷！这些东西落到我眼里，我的眼睛要瞎了！"

"不会的,孩子。再说走夜路也用不着眼睛。"

"啊,我要死了!"

"不要这样说话。你吃窝窝头吧。"

我机械地啃着难吃的窝窝头,窝窝头上面也沾满了从天上落下的那些湿漉漉的东西,汁液流到我的手臂上。啊,我尝出来了,那的确是血,猛禽的血有浓浓的腥味,使我恶心得想吐,但我还是将这一口难吃的东西用力吞下去了。

"这样就有力气了。敏菊,你这个小鬼,我不该带你来。"

我吃完了窝窝头,但我并没有变成鸟,我的两条腿还是拖累着我,不过因为刚才同恶心的感觉搏斗,它们的疼痛被我暂时忘记了。我觉得这是个法宝,于是又从自己的包里拿出另一只窝窝头,我伸展着手臂,让窝窝头沐浴着天上落下的鸟血,然后发狠似的用我的牙齿咬下一口,咀嚼起来。天上哪来这么多的鸟呢?

后来,齐四爷又提出要去下面借宿,还说那是他的老朋友,我们一定可以美美地睡一觉了,这回不是在地上,而是在床上,当我们醒来时,猴山就在眼前了。

有人在马路对面叫我的名字,他坚持不懈地叫着,声音里透着嘶哑,那是我的邻居永植。永植也同我一样喜欢歪门邪道的事情,就在前不久我还同他一起饲养过蟑螂呢。我答应了一声,想跑过马路去,但是齐四爷不准。齐四爷说永植那种人"胸无大志",只好一辈子被搁在路上,寸步难行,可也回不了家。

"你跟了他去,我就甩了一个包袱。"

我们走了好远,我还听得到永植那绝望的呼唤。没想到这个永植夜里也来这种地方耗费他的光阴,为了什么呢?总不是为了好玩吧,这里一点都不好玩,还有可能受到鬼魂的袭击。

"永植会怎么样呢?"我担忧地问齐四爷。

"他死不了的,这个小流氓。"

"但是他根本不是小流氓,他特别老实。"

"大概你也认为自己特别老实吧?"齐四爷的声音里充满了嘲弄,"我就会看到的,让我们走着瞧。"

我琢磨不透他话里的意思,便很气愤。我也恨自己——为什么刚才不跑过去同永植见见面呢?其实齐四爷才不会甩下我呢,他要一个人去猴山的话一定早就去了,他之所以在几十年后带上我一块去,肯定是因为我对他有某种用途吧。那是什么样的用途呢?我又忐忑不安起来了。

永植的声音终于听不到了。一想到他那孤凄的样子,我的心比这黑夜还要沉。

永植的父亲是继父,继父把永植当作吃闲饭的人,经常把他从家里赶出去。有一次，他在我家山上的土洞里住了两天，终于饿不过下了山，躲在我家厨房里偷红薯吃。那一次我还拿了几个熟鸡蛋送给他。但是永植却是一个骄傲的男孩，他无端地认为自己懂得世界上的一切事情，所以根本不把我放在眼里。有时我也有点怨恨他，不过我总是佩服他的。他一边吃着我拿给他的鸡蛋，一边说起猴山的事。他说齐四爷应该选中他去猴山才对，因为他是村里唯一懂得这种事的，也只有他可以帮得上齐四爷的忙，他关注这件事已经有很久很久了，甚至还画了一个路线图。当时他用入迷的语气讲述着，没注意到我的脸色越来越阴沉。然而齐四爷选择的是我。按照永植的看法，我头脑迟缓，干事情只有冲劲没有策划，他怎么也想不通齐四爷为什么认为我是最佳选择。我在得意的同时也有点怜悯他——他今后怎么办呢？回想起这事，心里更同情他了。

我问齐四爷，为什么永植回不去了。他说：

"那种继父，饶得了他么？"

"难道去猴山是大逆不道的事啊？"

"哼！"

这时齐四爷将我朝马路下面推了一把，我跌了下去，打了几个滚，然后用力挣扎着坐了起来。黑暗中出现一盏油灯，油灯是在一栋矮房子里，我听见齐四爷在同房主人说话。那房子真是出奇的矮,比狗屋高不了多少,我猫着腰从敞开的房门钻了进去。

房里什么家具都没有,只有一个乱草堆成的铺,齐四爷就是躺在那铺上同房主人谈话。我悄悄地挤过去,在靠近他们脚旁的地方睡下来。啊,多么舒畅啊。开始还听得到那两个人的声音,几秒钟后我就睡熟了。

我被惊天动地的炮声炸醒了,我觉得自己才睡了五分钟。听见房主人对齐四爷说,这是附近山上炸石头。

"这种地方,谁敢住呢?每隔半小时就来这么一下。也只有小孩子才能睡得着觉,我可是好多年没睡过了啊。"

"我没想到你把房子改造成这种样子了,这是入乡随俗吧?"齐四爷说。

"大概是吧。要不然垮下来可就砸死人了。"

我还想听下去,可是眼一闭又睡着了。这一次睡得久一点,大概有十几分钟,齐四爷在炮声炸响之前将我弄醒了。他的方法是一把揪住我的领口,拖着我站起来,然后使劲往两边摇晃我。我直到睁开眼才发现自己是站在外面,而前面的矮屋变得黑洞洞的了。

齐四爷推着我,我东倒西歪地走,我们又爬上了马路。

"不是说,每隔半小时山炮就要炸响么?"我记起了这件事。

"我们不进他的屋就听不到炮声。是他制造的紧张氛围呢。自从他的儿子死了之后,他就人为地造出了那样一个环境,你看他多么有力!"

原来齐四爷在骗我,他说让我美美地睡一觉,醒来就会看见猴山。现在我能看见什么呢?还是只能看见他晃动着的影子。那么关于猴山,不会也是他的谎言吧?要知道不光我,还有永植也是相信这事的啊。某种疑惑开始像虫子一样在我心里咬起来了。我听老人们讲过地狱,那同我们现在的情况有点相似。不过地狱里至少有些地方还有火光,这里却没有。我也不知道我们到底走了多久,也许快到同乌县交界的地方了。

后来我又吃了两个窝窝头,喝了些水。我问齐四爷我们到了什么地方,他回答说他心里也没底,他还叫我不要问这种问题,因为没人能回答得了。听他这样一说,我的脑子里完全空了。我又挣扎着再问他什么时候可以到猴山。他同样叫我不要问,说他才不会回答呢,他可不是傻瓜。

天上还是有那种鸟在飞,但它们已不再相互厮打了。它们低低地飞过,巨大的翅膀有时从我脸上扫过去,弄得我差点跌倒。齐四爷说,我们经过的地方是"鸟区",每一个人,当他还是小孩子的时候,至少到过一次这种地方。如果我用力去想,就会想出当时的情景来。他又提醒我说,我脖子上的疤就是那次留下来的,因为一只小个子的鹰啄破我的血管要喝我的血,后来被我母亲用铁耙赶走了。我的脖子上倒的确有个疤,但齐四爷说的事情我一点印象都没有。

当我躲开一只鸟的翅膀时,齐四爷就说我应该昂头挺胸迎接它,因为它是来认亲戚的。我认为他在开玩笑,还是躲来躲去的。可是我哪里躲得了呢,它们一拨又一拨地来。当然也可能是同样的一拨在围攻我。

"它们身上流着你的血呢。"他说。

我闻到湿热的、禽类特有的腥味。这种气味将我带进一个记忆——冬青树上的一条青虫掉在地上,被公鸡啄来啄去的,绿色的汁液混合着灰土,已经完全失去了虫子的形状。公鸡到底是在青虫体内找什么东西呢?

"你说是什么就是什么。"齐四爷说。

我们终于将鸟区远远地抛在了身后。只有同它们拉开了距离之后,才听得到它们那绝望的叫声在黑沉沉的夜空里响起。在家里,爹爹只要一坐下来抽烟,就会发出这种感叹:"末世的风景啊。"莫非我现在看到的,就是他心里的风景?爹爹是内向、不快乐的男人,在家里时我很少注意到他,在这个时候我却想起了他。我又想到,当他说"末世的风景啊"这句话时,也许并不是恐惧,也不是憎恶,反而是种向往?我从来没注意过他说话时的表情,但那语气确实有点怪怪的。而且他一说这句话,就将烟雾喷得满屋子都是。

我一边走一边注意地聆听。慢慢地,我听出来了,那些叫声的确不光是绝望,鸟们在召唤,就像死刑犯临刑前仍要召唤什么东西。是什么东西呢?假如我是那个死刑犯,我会召唤什么东西呢?

走啊走啊走啊,我走了多久了呢?我的腿已经不属于我了,我对它们已经失去了痛感,所以我走起来已经不那么费力了。齐四爷的背影在我前面忽大忽小的,有时像一座山,有时却小到完全看不见了,那背影弄得我心里很难受。我集中意念让自己快跑,但我跑不到他跟前,他总是同我拉开几十步距离。我又听到了独轮车的声音,不过这一次不是在我身旁了,它们在远方。它们有很多,几百辆?车轮吱吱呀呀的响声中又夹杂着一些鸟叫,又混乱,又让人心里无端地着急——会不会发生什么祸事了呢?

前面那座山停下来了。当我靠近他时,他就迅速地缩小成原来的样子了。

"你坐下,"他说,"永植那家伙,野心真大啊。现在他正好浑水摸鱼。"

"永植在哪里呢?"我在黑暗中睁大了双眼。

齐四爷没有回答,默默地从包袱里头摸出一个东西递给我,说是永植刚才送来给我吃的脚板薯,要我趁热吃。

那东西很大，我刚一握住它，就发出一声惊叫，赶紧扔掉了。那不是脚板薯，而是一只真人的脚板。我还摸到了它上面的脚趾呢。齐四爷生气地呵斥了我一声，将那东西捡起，拍拍灰，小心翼翼地放进他的包袱里。

"是永植的脚吗？"我惊魂未定地问。

"是啊。他可是破釜沉舟了。"

"他在哪里？"

"他？就在那些独轮车里头，你不是听到了吗？是啊，有很多很多车，他已经到了乌县那边。鸟啊，狮子啊全都同他在一起。你听到了的。这个家伙，居然有这么大的野心，我可是小看他了。"

缺了一只脚的永植，是在如何飞跑呢？居然已到了乌县？我觉得，现在齐四爷已经对我不满了，恐怕永植更称他的心。永植啊永植，你的脚真的被你自己砍下了吗？你砍下了脚就可以飞跑了吗？我心里七上八下地坐在那里。

齐四爷的身体又在渐渐长大，渐渐同我拉开距离。过了一会儿，他又变成山了。我觉得他的头部已到了云端。在远方，响起了鼓声，不过也许是雷声吧，谁知道呢？

"齐四爷，你的身体在变魔术吧？"我向那上方喊道。

黑暗中有一只手抓住我，将我拖起来继续走路。这只手明明是齐四爷的手嘛。接着我又摸到了他穿着麻布衣的上身,这正是那件短小的褂子,他一年四季都穿在身上。

又有人在马路对面叫我,这回不是永植了,居然是爹爹,那声音凶凶的。

"爹爹!爹爹!"我喊道。

他不回答。他沉默了。怎么回事呢?后来,就再也听不到他的声音了。我很后悔,我干吗要那么急躁呢?如果爹爹一直在路上陪伴我,我就不用害怕了。我想象着他坐在马路边抽着旱烟,说"末世的风景啊"的样子。也许,他多年以前就到过猴山了吧?爹爹年轻时在村里是出色的劳动力,犁地、割麦没有谁做得过他。我听村里人说,他总是有很重的心思,几十年里头,这些心思越积越多,将他压垮了。在家里,我很尊敬爹爹,但是我的朋友永植却不把我爹爹放在眼里。当然,他好像不把任何人放在眼里。他说:"敏菊,你爹爹真是个孱头。光说不做。我看啊,他应该出去流浪!"我说,要是爹爹流浪去了,家里的活谁来干?永植对我的疑问冷笑一声。

"在这种地方,你爹爹是不会回答你的。"齐四爷的声音好像是响在半空中。

他又变成山了,我一抬眼就看见他成了黑压压的大东西。

"我们快到乌县了吗?"

"你又问这种话了,你不要问,没人搞得清的。过一会儿,我们还要到一家人家去投宿的。"

我的腿已经没有感觉了,我靠心力走路。按理说我应该轻松了,可我的心为什么这么疲惫,这么疼痛啊?

爹爹又从马路对面叫了我一声,我觉得他在同什么东西苦苦地斗,我甚至闻到了空气中有他抽的旱烟的味道。为什么他不过来呢?独轮车的声音仍然可以听得到,前方似乎是很繁忙。现在我已经不害怕了,马路上有这么多人在走,还有爹爹和齐四爷,我怕什么呢?

忽然我感到我背上背着的小小包袱里头的东西在动,那里头是我从厨房里拿的窝窝头、玉米棒和煎饼,还有几个竹叶包的米饭团。难道它们都变成小老鼠了吗?有爪子在抓我的背,很锋利的爪子。一下、两下,啊,我的背一定出血了吧。离家前,我将包袱放在灶台上,后来我一次也没打开过。莫非有人搞了恶作剧吗?谁呢?总不会是爹爹吧。我试着将背上的包袱解下来。糟糕,不行,小动物们(有好几只)咬住我的背不放,似乎咬到肉里面去了。我感觉到了血在往下流,我的后背大概湿了一大片了。

"齐四爷!齐四爷啊!"

"什么?!"

"帮我把它们弄走吧!"

"啊,你是说鼠猴吧?这种东西弄不走的,你不要动它们,越动越糟。就挺着吧,你爹爹一辈子挺着,你也只好这样了。挺过了这一阵会好些。"

我的牙在打架,这真是钻心的痛啊。这些小东西不单单是咬我,它们还要从创口那里钻进我身体里头去。我分明感到它们在撕啊钻啊地向里面挺进。齐四爷怎么还不找人家去投宿呢?我的心力快用完了,腿也快迈不动了。

我往地下坐去。

"敏菊,你这个傻瓜,你不要同它们对抗,你同它们和解吧,和解吧。你听到什么了吗?"

我听到了,在远方,独轮车如同千军万马滚滚而行。可是我背上的这些东西,难道它们要我的命吗?我怎样同它们和解呢?我觉得自己快晕过去了。昏晕中我开始作一种想象,我将这些"鼠猴"想象成我的四肢,我的四肢长错了地方,全长到背上去了,现在的疼痛就是因为它们的生长而引起的。当我的想象进行到这里时,我突然清醒了,我想起了永植的脚板。我喊道:

"齐四爷!齐四爷!你把我的脚砍掉一只吧!"

但是齐四爷又变成了山,那么遥远,那么庞大,我的声音根本传不到他那里。是的,我的声音细得如蚊子叫,我感到自己正在死去。

我醒来时,居然躺在一张床上。旁边的桌子上有一盏细小的豆油灯,屋里有两个黑影在低声说话。我很快记起了先前的疼痛,但是背上已经不痛了,我还看见我的蓝色的包袱就放在桌上,那里头似乎并没有什么"鼠猴"。在外面,独轮车像千军万马一样,震得屋顶上的橡子微微发抖。

"这个小孩不想活了。"是齐四爷说话,他的声音略微提高了。

"哈,这很有趣!连小孩也⋯⋯"另一个苍老的声音突然嚷道。

听到齐四爷同别人这样议论我,我太吃惊了。我又心有余悸地回想起"鼠猴"的事,我决心问一问齐四爷。

"齐四爷⋯⋯"

"你不要说话,敏菊。"他威严地打断了我,又去同那个苍老的声音议论什么去了。

他们还将油灯吹灭了。

我的体力已经恢复了,我想坐起来,我想下床,到处看一看。这时我才发现我动不了,我被绑在床上了。

"我在他的上方悬了一把刀,他要是动得厉害,那刀就会落下来,砍断他的脖子。反正他不想活了。"

齐四爷说完这些话之后,就同那人出去了。

我试了试挪动我的脚,不行;又试我的手臂,也不行。我的脖子更是动不了,他用胶带将我的脖子固定在床上了。周围忽然变得十分静,这才是真正的恐怖降临了。齐四爷走远了,他彻底抛弃我了,他还在我的上方悬了一把刀。我竟落到了这步田地。既然我不能用力挣扎(怕上面的刀掉下来),喊话也没人听见,那么唯一可做的就只有等了。我能等多久呢?我会不会饿死呢?我经过紧张的判断之后得出了这个结论:我只能闭上眼赶紧睡着,这是唯一的选择。睡着了,这些可怕的事就感觉不到了,醒来之后又是一番天地。我以前有过这方面的经验的。我数着数字,一直数下去……我失败了一轮又重新开始数,又失败了。啊,我真是一点睡意都没有,只要我动得厉害一点,那把刀就碰响着床的上方挂蚊帐的木柱,我于是吓出一身冷汗。我大声对自己说:

"让我想想猴山的情形,我本来是到那里去的。"

一点用都没有,我什么都想不起来。我只好改口说:

"我被齐四爷骗了,我没想到他要我死。但我不想死!"

我听见自己的声音带哭腔,我喊最后这句话的时候,那刀子在上方当当当地响个不停。我赶紧抑制住自己,一动都不敢动了。

不知为什么,我开始来将自己想象成永植了。我就是高个子的、独脚的永植,我在独轮车的大队人马中一跳一跳地向猴山进发，我们已经过了乌县。我的上方有人在半空里问："你是永植吗？"发问的也许是齐四爷。我回答道："是啊，我就是永植。"奇怪，当我回答时，我的声音变得分外平静。我跳了一会儿，有人在后面推我，我差点儿跌倒了。

"你是谁？一个强盗吗？"我问道。

"你不是永植，让这些车压死了你才好呢。"那人咬牙切齿地说。

那人的声音有点熟，可我没有转过身去看他，这么黑，反正也看不见，弄不好我的身体真会扑到轮子下面去呢。

"我不是永植，我只是将自己想象成永植，这样就可以去猴山。"

"你这个冒名顶替的人！"

他又推了我一下，这次我真的跌倒了。一个轮子从我的后脑勺压过去，我听见我的头盖骨发出碎裂的声音。

当然我没死。我趁自己还没回到黑屋里，赶紧又把自己再次想象成永植。

这回我是在群鸟中往前跳了，顶着一个压烂了的脑袋。这些鸟们都不飞，像鸭子一样往前赶。

我踩着了一只大鸟的脚，鸟儿的凄厉的叫声划破夜空，它叫出的居然是"永植啊"，那么我的确是永植了。我抬起头，看见了山。不过这座山已经不是齐四爷了，它是猴山。鸟儿们立刻蹿到山里头去了,剩下我独自站在那儿。山就在前方,寂静得很,山里头比外面更黑,我又是独腿行走,该如何上山呢?

当我到了山脚下时,山便不再是山了,它成了我家里的那几间青砖瓦屋。屋里那么黑,爹爹坐在门槛上抽烟。他抬起头,向我抱怨他肩膀疼,还说我已经长大了,以后地里的活儿就归我做了。

"爹爹,我只有一只脚,怎么干活呢?"我焦急地说。

"那不是很好吗?免得你东跑西跑的。断脚的计谋还是我想出来的呢!"他低下头去窃笑。

"爹爹,什么时候天亮啊?"

"不要老惦记着那种事。你看我,坐在这里心里亮堂堂的呢。"

我想进屋,爹爹不让我进,说我身上有死人的气味,会将家里人吓坏。他要我到屋后的柴堆上去躺着,让身上的气味散发掉。我听从他,在那里躺下了。我心里想,爹爹到底是将我看成他的儿子敏菊,还是看作邻家的永植呢?为什么他问都不问我失去一只脚的事?当我紧张地思考这些事的时候,我躺的地方又成了那大路边的小屋。外面的天悄悄地亮了,我透过窗玻璃看见了发黑的麦秸垛。齐四爷的上半身从窗外探进来,他说:

"傻瓜,傻瓜,我们才走了一半路呢。你的朋友永植,他死了。"

我喊道：

"你瞎说！永植刚才还躺在我家柴堆上！"

那么，我们离乌县还有多远呢？齐四爷仿佛看透了我的心思，笑嘻嘻地从门口进来，坐在我的床边。他口里在嚼东西，喷着一股类似茴香的味道。有两只公鸡悄悄地跟了进来，他大声呵斥着赶它们走。

他一点都不急着赶路，只是一个劲地盯着瞌睡沉沉的我看。为什么呢？他为什么要告诉我永植死了呢？我也会死吗？我的眼睛睁不开，我听见齐四爷说：

"永植那小子太性急了嘛，那么快就到了乌县。结果呢，鸟啊，猴啊，狮子啊全同他在一起，他就那么飘飘然起来。结果呢，还不是将自己的身体喂了狮子了。这种事我经历得多。"

我刚要睡着，他又拉拉我的手，问我听到马路上厮打的声音没有。

我听到的是有一个人在梦里唤着我的名字，那么执着，一声接一声。于是我昏头昏脑地从屋子里面游出去，到了田野里。田野里到处都是乌鸦，黑压压的，叫声很凶狠。原来是乌鸦当中的一只在叫我的名字。那是一只小个头，叫两声"敏菊"又往前跳几步。我追随着它，一会儿就到了杨树林里头，但它三跳两跳就不见踪影了。

虽然在梦里,我还是困得厉害,我怎么能睡得沉呢?我就以这种不舒服的姿势同睡魔搏斗着。不知什么时候,有一个人在我耳边嘀咕"这里就是猴山呢"。这句话让我精神为之一振,我挣扎了一下,醒来了。

周围又回到了夜里,齐四爷猫着腰在大柜那边找东西,他在朦胧光线中的剪影特别像一只老猴,越看越像。

"齐四爷,你在猴群里头生活过吗?"我说着坐了起来。

"是啊。可是我多年前就离开了。"他在板凳上坐下来,叹了口气,"我为什么要离开呢?要是不离开,哪有这么多麻烦。你知道我为什么夜夜……"

他的话被惊天动地的号叫声打断了。在马路上,似乎发生了惨案。那叫声延续了几秒钟,然后又是震耳欲聋的车辆奔跑声,好像要将屋顶都压垮了似的。但齐四爷无动于衷,他双手抱头,懊悔得不行的样子。他口里在念念有词,我只能在他的嗓音的间歇里听清几个字:

"真他妈……我自找麻烦……倒不如死。"

"齐四爷!齐四爷!我们走吧!"我冲他大喊。

天花板上有什么东西掉下来,我害怕得都要发狂了。忽然,一切都静下来了。

"敏菊啊……"齐四爷呻吟起来,"这天……怎么就不亮了呢?"

他的情绪感染了我,我的脑海里也变得一片漆黑。

"在猴山里的时候,我杀死过我的恩人呢。那一天啊,山里头大乱,我和那些猴子全发狂了,我将那只母猴的眼珠挖出来吞了下去……好多年过去了,只要我一闭上眼,就看见那两个空空的眼眶。它还没死,它是一只长寿的猴子。没有眼睛的猴子在猴子社会里也是可以存活下来的。敏菊啊,你几岁了?"

"十四,齐四爷。"

"那你去猴山吧,去了就不要回来了。不要学我的样子。该死,你爹爹偷偷跑来把我的干粮拿走了。他存心让我去不成。"

"我爹爹知道你的底细吗?"

"是啊,他也去过猴山,去看我,他为什么去看我,我不知道。那么多年,村里没有任何人去看我。要是有人常去看我,我也不会同猴子们一块发狂了。"

他骂了几句粗痞话,我觉得他像换了个人似的,心里头有那么多毒怨。他会不会杀死我?我一会儿觉得有可能,一会儿又觉得不可能,心里七上八下的。但愿他不要挖我的眼睛。我朝窗外看了一眼,看见一些马匹在草垛旁走动,我记起来我们已经是在乌县了。外面天色较暗,但还是有一点点月光,那些马像幽灵一样,没有弄出一点响声。

我想出去,但齐四爷阻止了我。他说:

"你以为那是马啊,不要瞎想了,你走出这张门,就走到阎王殿里头去了。"

"你刚才还要我去猴山。"

"谁不要你去呢?我当然要你去。只不过我不要你学永植。"

窗子没关,有一匹马的头部伸进来了。果然,那不是马,是一个草把扎成马头的样子,我摸到了一根根的草,不禁哑然失笑。是谁在搞恶作剧呢?

但是齐四爷却不笑,他又呻吟起来了,痛苦不堪地弯下身,好像他脑袋里长了一个瘤子,正在发作一样。

我继续看外面,我看见这匹草马转身走开去了。它步态缓慢,自然,一点都不像有人在操纵它。在它的对面,另外那几匹马的剪影异常清晰。

等到齐四爷的声音舒缓下来,我就问他:

"齐四爷,那到底是什么马啊?"

"那是……你以为是……那是……啊!啊!"

他又更剧烈地呻吟起来,我不敢问下去了。

他叫我到他面前去,说有话要对我说。我蹲在他面前,他便死死地抓住我的手,一边喘气一边问我到底喜不喜欢自己的爹爹。

我到底喜不喜欢自己的爹爹呢?说老实话,平时我真的没怎么注意他。他在外头干他的活,一进屋就满腹心思。我记得有整整一年，他都在担心我们屋子里的天花板要掉下来砸到人身上。后来他干脆将天花板去掉了，这一来我们一抬头就可以看到屋瓦。我告诉齐四爷，我不喜欢他，也不恨他。在农村里，差不多所有的人对自己的爹爹都是这么一种态度。农村生活太苦了。

"你太对不起你爹爹了。"齐四爷说。

齐四爷没说我哪方面对不起爹爹，却对我说起爹爹的一个心愿。

"你的爹爹，他想把自己家后面那座山变成猴山。我在猴山的时候，只有他一个人来看我，那一次他告诉了我这个计划。当时我鬼迷心窍，同他想到了一处。过了不久我就回家了，抱回了两只小猴，一公一母。我们喂了它们食物以后就将它们放到你家后山去。那两只猴第二天就死了。究竟怎么死的查不出原因，你爹爹还掉了眼泪。我……"

他说不下去了。我的心沉了下去。

又有一匹马将头部从窗外伸进来探望。这是些什么样的马呢？如果说它们是幽灵，我又为什么摸到一根根的草呢？我从来没见过我爹爹掉眼泪，有一回他肩膀上长了碗大的毒疮他也没有哼过一声。

我站起身，默默地抱住马的头，草梗在我指头间发出沙沙的响声。忽然，我感到在这一层草里头有一个活物在挣扎，它那么痛苦，弄得马头摆来摆去的。

"啊，啊！"我说。

"现在你知道为什么你自己那么想去猴山了吧？是你老爹把这个念头塞到你脑子里去的，你再回忆一下看是不是这样。"齐四爷的声音镇静下来了。

事情并不是这样，我爸爸从未同我提到过猴山，哪怕暗示也没有。齐四爷干吗要胡扯蛮绊呢？是他自己向我说起猴山的嘛。我爸爸一坐下来抽烟就感叹"末世风景"什么的，先前我根本就不认为他会喜欢猴子。一想起那些会说我们的方言的猴子，我又焦急起来了。我在马的前额拍了一掌，它挣脱我跑开去，同另外那几匹会合了。

"齐四爷，我们快去山上吧。"我哀求他说。

"敏菊啊，我们已经晚了呢。你还不明白吗？我们被这几匹马堵在屋子里头了啊。这都是因为你，你说你走不动了，要休息，我就带你来了这里。谁想到它们埋伏在这里等我们啊。"

齐四爷呻吟着躺到床上去了。他说他不再管我的事，我爱干什么就可以干什么，自己负责。还说他管了我这么久，实在管不了了。屋里黑黑的，一下子什么声音也没有了。我看不见齐四爷，床那么宽，也许他躺到最里面去了。我因为心里害怕就用手一路摸过去，却没有摸到他。一个大活人怎么可能一下子就消失了呢？会不会床铺靠着的这面墙有个暗门呢?

我决心到外面去,我不觉得那些草马有什么可怕的,即使草的外表底下有活物藏着也不可怕嘛。

我在屋后慢慢找,终于找到了青石的阶梯。我顺着阶梯往马路上爬,没有遇到任何阻碍。马路上已经空了,没有人也没有车,空气因而很新鲜。我闻到了露水的味儿,莫非天快亮了?在马路下面,我刚才休息的地方,响起沉重的马蹄声,似乎是那几匹马在那里奔跑,奔跑的场地是一个广场。但我刚才并没有见到什么水泥广场啊。我停留过的那栋屋子也找不到了,那地方只有几棵没有树叶的枯树,鬼一样立在空空荡荡的地上。马的身影却看不见。我摸摸背上的干粮,还在,怕什么呢,天总是要亮的嘛。

虽然黑蒙蒙的,虽然不能大踏步地前进,我还是开路了。我在脑子里想着爹爹的事,我记起出门前我听到他在厨房里对母亲说:"永植这小子,天生是个贼种。"他的口气咬牙切齿的,大概永植又偷了厨房里的什么东西吃了。我哪些地方对不起爹爹呢?我干活躲懒,这地方的人都这样,因为吃不饱嘛。爹爹也并没有因为这事骂过我啊。那么,是因为我没有早一些提出来同齐四爷去猴山?我是提了的,他不答应我去嘛。他既然不答应,也不应该怪我嘛。现在他将我晾在半途,不关我的事了。

这个齐四爷实在是怪得很。

至于找不找得到猴山,我是没有把握的。我这样走下去,总会走到马路的尽头的。但如果天还是不亮呢?如果碰不到人呢?如果碰到了人也还是没有人知道那个地方呢?如果碰到的是一个熟人,他是母亲派出来抓我回去的呢?如果……我愿意多提出些问题塞满脑袋,这样就不害怕了。要不,这空空洞洞的脚步声真是令人发疯啊。如果永植在这里,他一个人掌握了猴山的秘密呢?刚才在那屋子里,我在梦中听见他说:"我可是牺牲了一条腿才获取这些事的底细的。"

"永植,永植,"我对着空中说,"如果你一个人到了猴山,可不要把我丢在这半路上啊。你应该给我一点信号。"

有一辆独轮车远远地过来了,轮子发出的声音像婴儿的哭泣一样。到了我面前,这辆车竟然停了下来。

"大爷,您能告诉我猴山离这儿还有多远吗?"

"傻瓜,下了马路就是。"回答我的竟然是一个稚嫩的声音。

他老模老样地坐在独轮车的车辕上,对我说:

"你这个家伙,过来。"

我走过去。

"你刚才骂谁?"他一边点燃烟斗一边说。

我在火光里看到一张光溜溜的孩童脸,不会超过十三岁,因为我不回答,他又提高了嗓门:

"你一直在骂!我都听见了!你骂谁?"

"我、我不知道。也许是永植吧?是吗?"我为他的气势所压倒了。

"他比你好一百倍!你跑了来找猴山,你知道猴山是什么样的吗?就是那些长着乱草的石头山,像墙壁一样陡直,没有谁爬得上去!那上头也没有猴,倒是有一些鹰在那里筑了巢。喏,东边就有一座。"

他将下巴往右边一扬,我顺着看过去,却什么都没看见。

"原来你认识永植啊。"我讨好地对他说,"你说说看,是不是快天亮了?"

也许,我急于想从他口中套出点情况来。

"我们这里是乌县,根本就不会天亮的。原来没人告诉过你啊?"

他的口气有点幸灾乐祸。

"上山的事,就不要考虑了吧。你看这墨墨黑黑的,怎么上山。你又不是永植,你要是他的话还可以考虑。"

"永植只有一条腿,怎么会比我还灵活呢?"

"你就是有十条腿,也上不了这些猴山!"

他突然生气了,推着他的独轮车就走。

事情真的像他说的那样吗？齐四爷骗了我吗？也许从前是有猴山的，现在已经变成荒山了？要知道连永植都相信这个啊，他可是什么都不相信的。我摸索着想下马路，我用脚往下探，探到那些溜溜滑滑的青石板，但却不知道哪里有阶梯。我又换了好几个地方，情形还是如此。我记得乌县这一段的马路特别高，我和齐四爷走下去都要走好久，如果我就这样从铺着青石板的斜坡滚下去，恐怕一下子就没命了。在这种墨黑的夜里，齐四爷凭着记忆就可以轻易地找到下去的阶梯，可见他对这条马路有多么熟悉。现在的问题是，我怎么办。又有一辆独轮车过来了，还是发出婴儿的哭声。我打算问问这个人。

"你这个倒霉鬼，还没死心啊？"

原来是那个小孩又回来了。

"每一年，都有十几个人从这里滚下去，砸破了脑袋，这里是鬼门关呢。"

他发出阴森的笑声，他的声音一下子变得不像一个小孩了。

"你到底是谁？"我问他。

"那一年你到地里去挖红薯，山路边有个人被猎人设下的陷阱里的铁夹夹住了脚，你还记得吗？那个人就是我。"

我当然记得那回事。我去挖红薯，突然下起暴雨来，我身上湿透了，心里很烦，扔下工具往山下跑。然后就看见那个花白胡须的老头。老头的样子很可怕，满嘴都是血，坐在路边动弹不得。他凶狠地盯着我。我起先踌躇了一下，接着立刻往山下奔去，头也不敢回。

"那是一个老头，怎么会是你呢？"

"你看看我，我是一个老头还是一个小孩？"

我朝他看，但什么也看不见。天太黑了。说不定他真是一个老头，可我刚才看见的却是一个小孩。我就伸出手去摸他的手，可他用力甩脱了我。

"你要干什么？"

"你的手不像老头的手啊。"

"像你这样以貌取人的家伙，我碰见过好几个！"

"你告诉我从哪里可以下去，好吗？"

"我说过了，你就是有十条腿也到不了猴山！"

他推着独轮车又走远了。

我忽然想到，也许他同齐四爷一样，终日在这条路上来来往往？他们两个人都对我不满，是不是在暗示我，要我成为他们当中的一员？"他们"一共有多少人呢？我要下马路，我不下去，就永远到不了猴山。我又用脚沿着陡坡往下探，探一下又换一个地方，弄得满头大汗，还是一无所获。到处都是这一式的溜溜滑滑，到处都没有下去的出口。

"我是你的舅爷三永！你这忘恩负义的小鬼！"

那人在远处向我喊话，他似乎又推着车过来了，他为什么总不走远，总不离开我呢？是为了看护我吗？我没有舅爷，原来有一个，后来死了，死得特别丢人，是同别人家妻子私通，被人扔到粪坑里淹死的。但他不叫三永，他叫矮秀。

他又过来了，他凑上前来问我：

"你知道我车上是什么东西吗？"

"不知道。"

"你当然不知道，你怎么猜得出呢？是你爹爹坐在这里呢。你过来，来摸一摸他，他喝醉了。"

他拽着我的手往那黑影上贴去。

"三永，你又在搞什么名堂？由他去嘛。"

果然是爹爹的声音。但爹爹似乎不想理我。他说"由他去嘛"。看来他早知道我在这里。我心乱如麻，又记起齐四爷说我对不起爹爹的话。

"爹爹，您怎么也来了？"我的声音有点发抖。

"我就不能来吗？我总是在这条路上的。这里，风景好啊。"

他的声音瓮声瓮气，好像患了感冒。

"爹爹，我要去猴山呢。"

"好，有这个决心是好事。"他干巴巴地说。

"可是这里下不去，我怎么到得了山上呢？"

"这小子，学会想问题了，好！"

"我应该从哪里下去呢，爹爹？"

"这种事，你不能来问我。你在家里就那么懒惰，现在还没改。"

那个三永过来推车，他们又一块离开了。三永还边走边对我说："我早告诉你了，十条腿也不行。"

现在我真是郁闷。大家都在关注我，可又都丢下我不管，这是怎么回事？还有，这里是不是乌县呢？如果不是乌县，即使我下了马路，也会找不到猴山啊。这个三永舅爷不是说"十条腿也不行"吗？我干脆坐下来等，等三永舅爷和爹爹再一次回来，那时我就要提出同他们一块回家去，反正也去不成猴山了嘛。

在我来的路上，紧靠马路的洼地里，燃起了熊熊大火。似乎火是燃烧在那些茅屋顶上，隐隐约约地听到一些人在喊叫。那里有点像我和齐四爷待过的地方。我想起爹爹责备我懒惰的话。现在齐四爷有可能遭难了，按照我偷懒的习惯，我应该装作不知道才好。可是爹爹责备我，是希望我改掉我的坏习惯吗？

我抬起脚来往回走，走了好久，才到达起火的地点。原来真是我和齐四爷待过的地方！我一下子就找到了青石板的阶梯。到处都是烟，下面洼地里的那一排房子都已经烧塌了，空气中弥漫着一股恶臭。我越往下走，那股臭味就越浓，但是洼地里静悄悄的，大概一个人都没有。我用衣袖擦着被烟熏出的眼泪，想要看清下面的情况。火势已经越来越小了，有一瞬间，我似乎见到一匹马在跑，那是一匹丑陋的马，身上没有毛。待我要睁着眼看清楚时，马又不见了，空空的水泥坪上除了烟，什么都没有。

"齐四爷！齐四爷啊！"

我叫喊着跑进没有了屋顶和窗子的小屋。大概因为没有东西可烧，屋子里的烟已经不那么浓了。齐四爷就躺在我脚下，此刻他正慢慢地坐起来。我看不清，但我知道是他。和我一样，他背上还背着干粮袋呢。

"你受伤了吗，齐四爷？"

"我？没有。这算什么，比这还……"他猛地咳起来。我蹲下去帮他捶背。

"你，你怎么又来了？你来了好，我们可以回家了。"他说。

"可是我们还没去猴山呢。"

"你这个傻小孩，这下你对得起你爹爹了。"

"齐四爷，着火的时候你为什么不跑出去呢？"

"跑？往哪里跑？到处都是火嘛。你看窗口那里。"

"窗口"已经被烧得只剩下了一个方洞，三匹没有毛的马挤在那里，外面的零星火焰不时照亮它们那难看的头部。其中有一匹似乎在流泪，大约是被烟熏的。我感到齐四爷很惊恐，因为他正往墙角爬去，好像要藏起来一样。

"不过是三匹母马。"我低声说。

"你以为那是马啊。"他的声音比我更低，"但愿我能和你一起回家。那一年，就是它，就是它……"

他说不下去了，要咳，只好死死忍住，简直憋得要疯了一样。

我一回头，看见那匹流泪的马将前身跨在了窗台上，它似乎想跳到屋子里头来，它的两个同伴被它挤得一动都不能动。

我走近窗口，轻轻地抚摸它。我感到它那没有毛的皮在我手掌里像缎子一样柔软，这种感觉很怪异。我将脸颊贴近它的脸，它的眼泪就流到我的脸上。就着闪耀的火光，我看见那不是眼泪，是暗红色的血。现在它乖乖地蹲在窗台上了，血还在不断流出来。我想，它该不会死吧？齐四爷怎么害怕这样一匹病马呢？他们之间有过什么样的恩怨呢？我正在想着这些疑惑的事，忽然啪嗒一声，母马掉下去了。它重重地摔在地上，正在垂死挣扎。其他两匹马蹲在它身旁，惊恐地看着生命从它身上消退。我看见它的口里也在往外冒血沫。

在窗口的对面有一根很粗的拴马的木桩，它燃烧发出的火光照亮了这个场景。但是现在，木桩已经烧完了，四周又归于黑暗。那两匹马幽灵一般在周围走动，大概舍不得扔下自己的同伴。

"它死了吗？"齐四爷在黑角落里高声问道，声音之大让我吃了一惊。

"它到底还是死了。我看见它故意往火堆里钻呢。现在我可以回去了。不过账迟早还要算的，另外那两个家伙还在嘛。"

"齐四爷得罪了这些马啊？"

"我早告诉你了它们不是马！你这个小家伙是势利眼，什么都看不见！"

"我们可以走了吗？"

"现在还不行，它们还在院子里。你听，它们在啃石头，一定饿疯了。你把我这一袋干粮扔到院子里去吧。"

我拿着干粮袋出去，外面烟还相当浓，我的眼睛受不了，于是将干粮扔在地上就跑回屋里。我听到身后马蹄嘚嘚地响着。

当我回到屋里时，齐四爷已经不见了。我想了想，断定他已在回家的路上了。那么，我也只好回去了。

我又一次爬上青石板的阶梯。我看见那两匹瘦马在零星火光的照耀下时隐时现，整个院子，包括那边的水泥坪给我一种特别熟悉的感觉。我从前一定到过马路旁的这些地方，只不过后来忘记了。我的脚跨进马路时，我并没有打算说话，但我不知不觉地说了出来：

"永植，你也回家了吗？"

我说出这句话后吓了一跳。然而永植果然从什么地方钻出来了。他的腿也好好的。他说：

"敏菊啊，这一趟旅行你受苦了。"

"那么你看见猴山了吗？"我问。

"啊，你还惦记这事呀。我总算搞清了，有人告诉了我。猴山嘛，是一个梦，齐四爷梦见它，你爹爹也梦见它，这些个夜里——我们出发以来就总是夜里——我也梦见了它。它是什么样子呢？让我告诉你吧：它是座荒山，里头有野鸡，我带着猎枪去打它们，好几次我都打中了。可是没有用，被我打中的野鸡都不见了，无论你怎么找都找不到。这种山啊，什么东西它都吞到肚子里去。因为在梦里找不到野鸡，我就不愿醒来，想将那梦接着做下去。"

永植沉默了。他在路边坐下，好像累坏了。

"永植啊，我们还是早点回去吧。"

"你先走吧。我没脸见人。一回家就天亮了，我害怕招人耻笑。还是这墨墨黑黑的好，我都习惯了。我刚才碰见你爹爹，我喊他他不回答，我就知道他在梦到猴山。

梦到猴山的时候,人就不怕别人耻笑了。"

我朝马路下边看去,我又看到了那两匹马,马蹄嘚嘚,它们在水泥坪那里跑圈子呢。田野里的草垛烧燃了,它俩在火光里显得十分英武。

"那我先走了啊。"

"你走吧,你可以早点回家,反正你对那事又不知情。我嘛,可不同了。我只能半夜里钻后门。现在我要靠着这棵树睡一下。"

我一边吃着干粮一边加快脚步。我来的时候,这条路上的独轮车如千军万马,现在他们都到了猴山了吧。从我记事起,我就看见这条马路上车来车往,太阳亮堂堂,阳光下繁忙又喧闹。现在却是墨墨黑黑,空空荡荡。我们住在偏僻的乡下,是谁修了这样一条马路呢?都说这条大路通到乌县,可是我,不能确证我碰见过乌县的人。我听母亲说过,是外县的人修了这条马路。马路本来不从我们村穿过,因为修到我们邻村那边时,一座小山突然崩塌挡住了道,这才绕到我们村来的。母亲还说马路竣工典礼那一天,邻村那些戴黑袖章的人将一条路堵得严严实实。那是一个大村,有上万人,山崩埋掉了两千多人。小时候,我认为这条路很险恶,从来不敢走得太远,最多就走到齐四爷家。

每次我偷懒，妈妈就骂我说："你的脑袋里头黑得同那条马路一样。"那时我很不理解她的话，马路明明是亮堂堂的，怎么说黑呢？看来妈妈也是早就通晓这里头的奥秘的。

我在一棵大树底下蹲下来大便，我大便的时候听见远处有人在吆喝。我大便完了继续赶路时，就想起了邻村的那些孤儿。那里叫板村，板村的孤儿没有固定的居所，他们散落在草垛里、桥洞里，甚至树洞里。这些人劫后余生胆大包天，他们什么都偷。如果你在地头睡着了，他们就偷走你的鞋子。我们出发时齐四爷嘱咐过我，说之所以要夜里走，是为了避开那些孤儿。他要我不要弄出响声。"那些家伙全在洼地里蹲着。他们一下子就会看出来你我不是鬼魂。"

吆喝声渐渐近了，声音是乡音，那么我已经出了乌县了？

"你来了啊？"一个苍老的声音在我身后响起，"等了这么些年你还是来了。"

那人站在离我两三米远的地方，却不走拢来。

"这样一个夜半时分，你站在一个这样空空旷旷的地方，稍有闪失的话，你可就回不去了啊。"

"您知道去猴山的路怎么走吗？"我忍不住就说了出来。

"怎么不知道,这里每个人都知道,但是没有人要去的。我们不把那条路告诉别人。我们等你来,知道你会问起那条路的事。我们不告诉你。"

"你们等我来干什么呢?"

"等你来问那条路啊。"

他显得有点不耐烦了,好像认为这种简单的问题我都不懂,真是太傻了。

我朝他走近几步,他就后退几步,很警惕的样子。我听出来他的身后还有一些人,我隐隐约约看到了那些人影。

"你们是孤儿吗?你们不会杀我吧?"

那人笑起来,后面的那些人也笑起来,他们笑得我心惊肉跳。他笑完了,就问我:

"你见过那些母马了,对吧?"

"是啊。"

"那是我们在坟地里养着的,没有草的时候也吃尸体呢。你看多么有趣。"

后面那些人逼尖了喉咙喊道:

"你看多么有趣啊!"

在人群当中响起嘚嘚的马蹄声,难道那些马上来了吗?我转身继续往回家的路上走,我要躲开这些可怕的人。

"你啊,连亲戚都不认了吗?我是矮秀呢。"那人在我身后刺耳地说。

"我同孤儿们在一起,过得很好,我们就等你来呢。你总算来了,我们这就放心啦。先前啊,大家猜来猜去的,不知道你来不来。我同这些孤儿一起,夜夜推着独轮车在马路上走,推过来推过去的,心里寂寞得很呢。"

他跟我走了一阵,觉得没趣,就不跟了。

我并不怕矮秀,他毕竟是我的亲戚。可是他为什么会同孤儿们搅和到一块去了呢?齐四爷告诉过我,说夜里游荡的孤儿全是已经死了的人。我想,即使是鬼魂,也是有区别的,那些孤儿毕竟是心怀叵测的板村人,本来马路要从他们那里穿过的,现在却成了荒村,板村人年年来我们村里讨饭。我一边想着这些事,一边心急如焚地往回赶。刚才矮秀说"放心啦",什么事情放心了呢?原来这些鬼魂一直在猜测我这个活人的事,真让人起鸡皮疙瘩。先前我躺在齐四爷的小屋里,听着独轮车在上面来来去去的,但我绝对想不到是死鬼在推车。这个齐四爷,躺在那里听了那么多年,不知道他心里怎么想的。他会不会是为了听死鬼推车,才特意将房子建在路边的洼地里呢?

我虽然已经将孤儿们远远地甩在后面了,可我老觉得路边的洼地里有马儿在跑动。齐四爷那么怕那些马,总是有他的道理的。我必须快回家,在这条路上,所有的事都没个定准,都潜伏着危险。

我跑着跑着却又撞上了爹爹。还是那个三永推着爹爹。

"敏菊,你怕什么呢?那几匹马早就到过我们家里。只有齐四爷才应该怕它们,他同孤儿结了仇嘛。"

爹爹在抽烟。

"爹爹,回家吧。"

"你先回去。我不要紧的,我又不是第一次出来。我每隔几天就出来一次,总是你舅爷推着我。为什么要他推?因为我的脚不能落地。这里的风景好啊。"

"爹爹,我可以和你一块走吗?我不愿一个人回去,家里冷清得很。"

"胡说!你这就回去。那两匹母马等在家里呢。"

"母马?"

"是啊。你是一个小孩,不用怕它们。你又没同孤儿们结仇。"

我到家的时候,天还是没有亮。我摸进厨房,听到哥哥的说话声。他正在寻火柴,他说必须马上将灶膛里的柴点燃,黑咕隆咚的要出事。

他先是点燃了茅草,后来那些柴就燃起了熊熊大火。

接下去我就听见院子里马蹄嘚嘚地响,是马儿奔出了院门。哥哥在烧水,说要煮一大锅粥。

"天快亮了吗?"我问他道。

"你还不知道啊。现在是……现在是……啊,我不说了。"

他蹲下去拨火,不理我了。他脸上有种绝望的表情。

妈妈一动不动地坐在前面房里的椅子上。为什么她不点灯呢?

"敏菊啊,你爹爹时常说起的末世,现在已经到了。我们都做好了准备。你呢?你怎么打算?你出去了这么久,总算回来了。"

妈妈说话时,哥哥在厨房里大叫了一声。我拔腿就往厨房跑去。

"是妈妈干的,啊……她在灶膛里放了一包毒药。"

他用衣袖捂着眼转来转去的,忽然弯下腰,将整个头部塞进水缸。

我的眼睛也感到很不舒服,我就逃离了厨房,跑进卧室,闩上门。一会儿母亲就在外头捶门了。她"敏菊、敏菊"地叫个不停。

我站在窗前。窗外有个人划燃了一根火柴,正在抽烟。那是一张陌生的脸。他似乎早就看见我在房里,他朝窗口转过身来,大声问道:

"马儿到院里来过了吗?"

"你是谁?"

"我是谁?我不记得了。反正我是孤儿。是你母亲召我来的。"

他的声音里头有股无赖的味道,我不想理他。但他又发问了:

"你听你母亲的话吗?"

见我不回答,他就独自感叹道:

"有母亲真好啊。在外游荡的日子什么时候才到头呢?"

不知怎么搞的,我闩好的门被妈妈撞开了。她往窗前急步走过来,那个黑影立刻就潜逃了。

"他是来偷我们家的羊的,一个混进来的骗子。他根本就没死,长期在我们村混。山崩时,有块大岩石挡住他家的一面墙。那块石头,是从很深的地底长出来的。敏菊啊,你总算回来了,可是你爹,他还不甘心。"

妈妈坐在我的床边,似乎想对我倾诉什么。

"妈妈,我还是走吧。我在家里什么也干不了,不是吗?"

"你走吧,你走吧。我给你准备干粮了,你看!"

她将一个大包袱推到我的怀里,那里头的窝窝头还是热的呢。

"你回来之前,我一直在给你蒸窝窝头。"

她笑起来,那笑声令我发抖。

我背上包袱赶快往外走。我走到院子里还听见哥哥在厨房里怪叫。

天开始有点蒙蒙亮,先前站在窗前的那个人盯上了我。

"快上马路去,这里不安全。这里天一亮,什么都暴露在光天化日之下。"

我和这个人一前一后爬上了马路。我又进入深沉的黑暗之中。我想,为什么在马路上,天就不亮了呢?以前可不是这样的。

"我不知道我应该往哪里去。我没有目的地。"我对这个人说。

"这没关系。这条路只能通乌县,你还能到哪里去呢?"

他也笑起来,他的笑声同妈妈刚才的一模一样。

"要是你仔细倾听啊,可以听到你哥哥在厨房喊'救命'呢。"

我停下来想辨认那些模糊的声音,可是大队的独轮车过来了,一会儿我就被他们挤到马路的最边缘去了。那个人在我耳边说:

"那一回,是我代替你去死的啊。你抬头看看天吧。"

我一抬头,看见一颗星闪了几下,很快又不见了。

他紧紧握住我的手,他身上似乎有电流通到我身上,我一阵阵发麻。然后他将我往前一推,叫我快走。

独轮车不断撞在我身上,连我自己都奇怪我怎么没有掉到马路下面去。

这一次,我决心独自走到乌县,走到猴山里去。不论有什么东西阻拦我,我也决不回头。如果一个人要做一件事,谁能真正拦得住他呢?

末世爱情

四爷是个夜猫子,子夜时分,如果有人从外面归来,看见一个矮小的身影愣愣地立在胡同口,那便是四爷。

四爷的家是市中心那一片属于要拆迁的平房中的一栋独屋,共两间正房。房子很有些年代了,虽然同四爷一样矮小,但却是货真价实的青砖瓦屋。据四爷说这房子是他从他爹爹手里继承的,他爹爹是泥水匠,手艺高强。听说那一代人里头有很多人都是泥水匠,常年走南闯北的。但为什么将房子盖得这么矮呢?也许是为了更贴近地面吧。那时候的人的心思,是今天的人琢磨不透的。年复一年,四爷家的周围耸立起一栋栋高楼。就是他所在的平房区,其他的房子也比他的要高出许多。但是四爷的家虽旧却特别结实,好像与地面结成了一个整体似的，那些个青砖，那些个瓦片，还有窗棂，在上百年里头始终完好无损。房子是横排的，两间都朝南，后面是厨房杂屋，四爷住一间，另一间就空着。空着的房间里面连家具都没有。曾有邻居劝四爷将这间空房租出去，或养鸡养鸭，给自己增加点收入，四爷听了总是一笑了之。四爷是政府的退休工作人员，他有养老金，他不需要增加收入。关于空房的事，有一种流言似乎同女人有关，但很快又自行消失了。没人能证实这个老鳏夫对女人还有兴趣。

关于四爷夜间的神秘活动，有过各式各样的猜测，但大都市里的人们一般都专注于自己手头的事，猜过了也就忘记了。再说也很少有人有那份精力半夜去跟踪一个孤老头子。反正在一般人的印象中，四爷夜里是不睡觉的；他那空空荡荡的、不上锁的房子里头肯定是有秘密的。也许在某一个静谧的、有月光的夜里，某人在一栋高楼的房间里醒来，会忽然想起楼下有一个像贼一样的矮个子干巴老头在绕着他所在的建筑物转来转去。这种念头是令人很不愉快的，那人会一闭眼，立刻沉入黑暗之中。有时某一家人在茶余饭后也会感叹：这个四爷，七十岁的老头子，就不会去找一点适合自己年龄的娱乐吗？他怎么变成这种不可理喻的人了啊，要是将自己设想成这块土地的守护神，那才是愚蠢到家了呢。人不应该自命不凡啊。

有人注意到四爷夜间神游的地方总是那些没人的处所。那人是这一带值夜班的巡警,他两次看见四爷站在未竣工的楼房的脚手架上抽烟。他同四爷之间有过这样的对话。

巡警:"四爷,你那里可是观月的好处所啊。"

四爷:"有些事,站得高也未必看得清。不过是瞎忙乎罢了。"

巡警:"那就下来,把心里的念头忘掉,怎么样?"

四爷:"你的办法对我来说太晚了。你放心,像我这种退休的孤老头子,对别人不会有威胁的。我的事不在你的管辖范围之内。"

巡警悻悻地离开。后来他将这事说给大伙儿听,大伙儿心里都有点疙疙瘩瘩的,有个青年还说四爷"老不正经"。四爷的行为的确有同人过不去的成分。在深夜,人们劳累了一天进入梦乡的时分,在所有的活动的痕迹都暂时消失之际,为什么要由他来站在高处,将一切重新激活?这难道不是某种意义上的冒犯吗?冒犯归冒犯,谁也拿四爷没办法。再说是不是真冒犯也很难说。某人白天在公司里同人争吵,恶语相向,夜里在梦中还在继续吵,早上起床便自言自语道:"让四爷评评理。"另一个人特别善于总结自己的思想,每天临睡前都要将白天里所做过的那些不那么光彩的事找出一条条正义的理由来。当他这样做时,他总是感到四爷在暗地里为他撑腰呢。这样看起来,又好像四爷的夜间活动对他们不但不是冒犯,反而是种有益的影响呢。

人们对四爷那间空房的看法也是很微妙的。城市这么拥挤,可以说,无论谁家都没有空房。有时候,三代人住在一间大房子里头,挤都挤不下呢。四爷的空房不出租,也不利用它养鸡鸭增加收入,大家对此都持愤怒的态度。但这种愤怒只是短暂的、表面的,那间空房在这一大片住宅区里成了一个激发幻想的契机。在繁忙的城市生活中,邻居们只要偶尔停下手里的活,做出沉思状,话题就会自然而然地转到那间空房上头。是啊,四爷的行为太出格了,他到底怀着一种什么样的企图呢?难道他对致富(人人都在为此而努力)有种天然的仇视吗?

有一天,住在四爷对面的老刘同几个人在露天里赌扑克时,忽然没头没脑地说:

"要是我家多一间房,我也要像四爷那样让它空着!"

他说完这句话后满脸通红,羞愧得抬不起头来,因为其他人都在瞪着他呢。

他显然是在吹牛嘛,他又不是四爷,哪里会有空房。他就是有了空房,还能不出租,不养鸡养鸭?人应该有自知之明,不要把自己想成另外一个人,那可是很危险的。

这是另外几个人的想法，也是老刘的想法，所以老刘就羞愧了。在这样的时候，四爷的空房是不是成了某种高级的奢侈品呢？也不是。那只是一个例外，一个促使人们不断用贬低口气去谈论的话题。城里的繁忙生活如滚滚洪流，除了这种话题，又还有什么其他的话题可以持续五分钟以上呢？老刘之所以吹牛，只不过是因为心里寂寞吧。

大都市的春天是很伤感的：马路上车辆隆隆而过，灰雾冲天；人们低着头匆匆行走，似乎每个人都有急事；街心花园里的桃花寂寞地怒放着，杨树徒劳地射出大量生殖的白絮。就是在这样的一个春天里，大家认为四爷坠入了情网。当然这不是造谣，而是谁都看得见的事实。这事令邻居们兴奋——这位老鳏夫应该有所归宿，这样也不辜负大家对他的关注了。

四爷的对象是大街上罗家酒铺的寡妇，酒铺就是她开的。女人有一副胖大的身材，虽已年过半百，头发还是黑而油光。当她看人的时候，陷在肉缝里的两只小眼珠时常会射出一种寒光。瘦小的四爷同她站在一起时显得很滑稽，就像一只老猴子。谁也不知道他俩是如何勾搭上的。但有一点大家是知道的，那就是寡妇也时常夜里不睡觉，因为巡警偶然在半夜里撞见她在马路当中为死鬼烧纸钱，并且后来他又撞见一次她在干同样的事，只不过是将地点换到了电影院后面。可见这罗寡妇是一个生活在过去的黑暗中的女人。她是送钱给她那身在阴间的丈夫吗？那是一个阴郁的酒鬼，他用剔骨刀砍掉了她左手的两根指头。酒铺的经营到他死后才兴旺起来，先前几度濒临破产。

在人们一般的印象中，四爷的行为举止在白天里是中规中矩的，他只是在夜间神游的时候才变得放荡起来。然而老头对罗寡妇的追求却发生在白天。老头穿着皮鞋，头发梳得整整齐齐，谦卑地站在酒铺门口等寡妇叫他进去。他似乎很害羞，像那种从未结过婚的童男子一样，这令大家感到惊讶，因为他的妻子死去没几年嘛。罗寡妇的做派正好同四爷相反，这位粗俗的半老女人大大咧咧，叫叫嚷嚷，时常冲出来一把揪住四爷拖到屋里去。屋里的前面是卖酒喝酒的地方，后面是储藏室。四爷就是从那张小门同寡妇进了储藏室，然后寡妇就把门锁上了。有多事者将耳朵贴到门上去听，听完后伸着舌头说，四爷被那牛高马大的寡妇虐待了呢。也许他说的是实情吧，但大家看见的却是，四爷和寡妇红光满面地从里头走出来，两人都用手指梳理着零乱的头发。大都市的人们是很油滑的，这个时候都愿意同四爷开玩笑，而不敢同罗寡妇开玩笑。因为同寡妇开玩笑会招来她的恶骂，而同四爷开玩笑却往往有意外的收获。

"四爷，性的需要得到解决了啊。"

四爷听了这话脸红得更厉害了。他想了一想，正色道：

"人在尝试适合自己的性交位置之际，有庄严的念头支配着他的行动。"

他的回答令大家好一阵瞠目结舌，然后屋里便轰响起哈哈大笑。四爷在笑声中愤愤地走出门，人们看见他的脚步居然有些乱了。关于这个老头到底是"一本正经"还是"老不正经"，成了人们脑子里长久的疑问。酒铺里的常客一般都是些闲汉，关于这种事他们不会追究到底的，因为他们的心神过于涣散。也有人认为四爷在说假话掩饰自己，因为七十岁的人很少还有真正的性能力。

四爷并不畏惧人们的嘲笑，也可能他体内的确有了不得的欲望，反正隔了一两天，他又毕恭毕敬地站在酒铺门外了。于是轮到看客们愤愤的。他们想不通风韵犹存的罗寡妇为什么一定要钟情于这个干猴子，实在看不出他有哪里好，他明明是假正经嘛。这些人是不是真生气呢？要是真生气，为何还要滞留在酒铺里看个究竟呢？再说四爷，他就真的是庄严地看待自己同寡妇的性活动吗？如果像他说的那样，他又为什么要脸红呢？他的脸红羞愧，是为自己还是为他的寡妇？如果是为寡妇，那就说明他对她是贬低的。如果这样，他又为什么谦卑地站在门口，耐心地等她叫自己进去呢？

自从风流艳事发生以来，四爷的那间空房里就有些人出出进进了。这些人都是寡妇的亲戚朋友，他们在黄昏之际一拨又一拨、三三两两地来，站在房里同四爷谈什么事。他们说话的声音都很低，别人就是想要偷听也听不清。他们不知是来为寡妇传递信息的呢，还是来敲诈的。四爷似乎急切地盼望这些人的到来，他总是在下午将那间空房的房门大敞，背着手在屋前焦虑地踱步。从四爷的行迹看来，那些人像是来传递信息的。但又怎么会有这么多的信息需要传递呢？他同罗寡妇不是每隔两三天就见面吗？难道寡妇的这些亲戚就这么愿意管闲事啊？再说这四爷，他的空房子留了这么多年，原来是为了干这个用的啊？不管怎样，四爷的精神面貌是大大改变了。邻居柴叔隔着窗玻璃看见，四爷同那些亲戚们谈话时，矮小的身体在空气中缓缓往上升腾，就像幻术中的人一样。一会儿工夫，他就上升得比那些人都要高了，说话之际俯视着他们。人们离开之际，四爷啪的一声落回地面，追着那些人的背影大声喊道：

"喂，千万不要忘记啊！"

四爷的风流事持续着，夜间的神游却大大减少了。有时候，他就一个人在空房里睡觉，门也不关，人们看见他就睡在房里的水泥地上,身上什么都不盖。这一带长期鼠患成灾,于是四爷的一边脸和一只耳朵被老鼠咬得血淋淋的。

对面的老刘送来两对毛茸茸的鸭子,对四爷说:

"养鸭吧,四爷,这些鸭很容易养的。"

老刘一离开,四爷就将叽叽乱叫的小鸭扔到屋外,于是老刘又捡回去了。

四爷仍然是郑重其事地赴约会,头发梳得一丝不苟,旧式皮鞋擦得发亮。而罗寡妇,好像对彼此的这种关系越来越满不在乎了。有时她会使小性子故意不出来,让四爷在门口等了又等;有时她出来了却对四爷说她没空,要他下次再来。当这种事发生时,四爷满脸焦虑,拖着沉重的脚步走回去。时间一长,罗寡妇对自己同这个老头间的关系就厌倦了,她待在铺里不再出来,就仿佛没有四爷这个人一样。现在酒友们都来看四爷的笑话了。但四爷一点都不怕别人讥笑,他沉浸在某种关于爱情的冥想之中,他在这种冥想中找到了新的出路。人们看见他站在那里,神情热烈而恍惚,却不再伸长脖子往酒铺里头探望了。四爷竟然这么快就调整好了自己的心态,实在让大伙儿感到惊讶。

"四爷啊四爷,你的情妇有了新欢了呢。"他们挑逗他说。

"她很美,难道不是吗?"四爷深情地说,对于别人调戏他的那些话一点都听不进去。

后来他又恢复了夜间的神游。有人看见他同寡妇一块蹲在脚手架上头烧纸钱,让那些纸灰像蝙蝠一样飞得满天都是。烧完纸钱他们就分头回家了。他们往阴间送纸钱是送给谁呢?住在平房里的人们于睡梦中闻到那种特殊的毛边纸燃烧的味道,便看见了故乡的坟场,还有一排黄泥小屋。

好长一段时间,四爷也变得同罗寡妇一样,热衷于烧纸钱。那暗夜里升起的三角形的火焰曾多次让夜归的邻居吓破了胆。这种阴森的迷信活动显然不受欢迎。如果他俩要召唤亡灵,为什么不白天干这事呢?在白天里,这两个人已经公开决裂,难道这样一桩暧昧的夜间活动又使他们旧情重温?要真是旧情复燃,为什么烧完纸钱又各自回家?都市里的人们虽然不赞成四爷他们的举动,但他们对于同亡灵有关的梦还是很欢迎的。四爷他们烧纸钱的举动就可以给他们带来那种宁静的好梦。据巡警说,他看见罗寡妇在烧纸钱时顺便将自己的头发也点燃了,那一刻,四爷的脸在火光里像裹尸布一样白。然后他就奋力将寡妇头上的火扑灭了。做梦的人们并不知道这个细节,他们听见的是故乡的杨树在和风中发出的沙沙响声。

脑袋上失去了半边头发的罗寡妇照样天天在铺里卖酒，她的脾气更火暴了。没人敢问她关于头发的事，因为都害怕她眼里射出的寒光。

"又是清明节了，我们的亲人在那边有没有钱用呢？"麻哥讨好地同寡妇搭讪着。

罗寡妇脸上毫无表情，仅仅从鼻子里头哼了一声。

她这一哼，麻哥立刻意识到自己在说假话。可是他总要说几句话吧，于是他从她手里接过酒杯时，又鼓起勇气说道：

"为亲人解难是我们的义务，不是吗？"

他感到自己在挑逗这个女人。挑逗什么呢？

"我才不会管死鬼的事呢。"她冷笑着说道，将酒杯往桌上一顿。

酒友们全都傻了眼。什么？不管死鬼的事？那是为谁烧纸钱呢？难道不是因为那些纸钱人们才梦见遥远的故乡吗？如果纸钱同死者无关，这位寡妇和四爷从事的活动就更为可疑了，也更引起人们进一步探究下去的兴趣了。但是眼下，健忘的都市的人们并不想马上探究，他们忙着呢。

烧纸钱的活动使四爷变得活跃起来了。他开始在他的空房里头烧。下夜班的人们经过他的房子时听到了里头的嘈杂喧闹。走近窗前一看呢，看见墙上的影子如千军万马，地上燃着小火，四爷不知身在何处。大家感到身上发冷，连忙离开，各自回家。这些黎明前才入睡的人们梦见的不再是故乡的白杨了，他们做的是无梦之梦，悬置的感觉令头脑发疯。

一个上夜班的人下午在米店里碰见四爷，不禁倒抽一口冷气——他在四爷的背上看见了匕首的刀尖，难道那匕首是从他体内长出来的吗？

"四爷，身体可好？"他问候道。

"不好。周身都疼，清明都已经过了，为什么这些人还购置花圈？实在是多此一举啊。"

在人们的印象中，寡妇是见识短的女人，不足道，只有四爷这样的人才真正不可捉摸。这位住在年代悠久的青砖瓦屋里头的四爷，总令人想起某些消失了的事物，但那些事物到底是什么，却没人说得出来。反正，那是人们对他感兴趣的根源吧。随着周围环境变化，在那些林立的高楼大厦的衬托之下，四爷的小屋越发显得古怪。近来人们都传说这一带很快要拆迁，大家都盼拆迁，因为大家都喜欢变化。一想到全家老小带着旧家具搬进高楼大厦里头去，许多人梦里头笑开了花。住在半空里来看这个城市，会是什么样一种情景呢？人人都在跃跃欲试,他们不知疲倦地谈论拆迁的话题,那么四爷会如何看待这件事呢?四爷显得很镇静,至少表面看来如此。

"搬迁是好事,也是个机遇。"他说。

大家不知道他所指的是什么样的机遇,不过他们都对四爷抱一种恶作剧的心理,他们很想看到四爷引以为自豪的小屋(尤其是那间人人嫉妒的空房)被夷为平地的情形。四爷有什么样的办法来对抗形势的发展呢?人们拭目以待。人们没有想到,正是那位被他们认为见识短的、粗俗的罗寡妇,帮助四爷渡过了难关,而她才是长期以来不显山不露水,更为不可捉摸的人物呢。

酝酿已久的拆迁终于开始了。之前的好几天,四爷也同邻居们一样,将自己的家具用品搬到了附近的一栋旧楼的单元房里。在那些动荡不安的夜里,四爷却没有出来游荡,他的房门关得紧紧的。他是住的十二楼。黄昏的时候,老刘看见罗寡妇敲开了四爷的门,被他让进了屋里。然后门又开了,神情阴郁的寡妇出来了——她看上去一点也不像同四爷破镜重圆了的样子。

四爷的小屋在整个庞大的拆迁工作中一点也不显眼。从浓浓的灰雾里,眯缝着眼的人们勉强可以看见四五个工人站在脚手架上,他们每拆下一块砖就拿到眼前仔细辨认,甚至还用鼻子去闻,就像在考古似的。他们会不会是化装成建筑小工的考古人员呢?这个时候,四爷在哪里呢？现在那栋结实、规整的小屋已经消失了，连最后一块砖、一片瓦都搬走了，只有地基上还留着墙的轮廓线。从眯眼的灰雾里头，一下子钻出一只大白鹅来，是对面老刘家养的。他的房子还未拆，他站在屋檐下，翘着下巴用鼻子嗅来嗅去的，他的表情像要哭一样。也许四爷的空房子里寄居着老刘的梦？

家消失的那一瞬间，身处半空里的四爷一阵眩晕。他感到自己成了一只作茧的蚕，那茧子正要最后完成。可是寡妇来了，他觉得她不应该在这个关节眼上来，此刻他毫无防护，易受伤害。寡妇镇定地一点头，那些有序缠绕的丝就纷纷溃散了。见面是短暂的，窗外推土机的轰鸣声令四爷的思想冻结着，荒原不断出现在眼前。

"你、你……那张床！"他稀里糊涂地说。

"我们自己！"寡妇的这句话留在空荡的房子里头。

她疾步走向门口，身上的披风像鹰的翅膀。

有人看见女人阴沉着脸。老头在房里用猛力砸门，他似乎活过来了。

废墟中的夜显得有点凄凉，老刘夜不能眠，浮想联翩。他走出房来，坐在自家的青石板台阶上看星星，他感到自己成了一名卫士。远处的断垣残壁后面有火光，老刘警惕起来。过了一会儿他就听到了讲话声，原来是四爷和罗寡妇又在烧纸钱。这一次，他们在四爷房子的地基上燃起了大火,寡妇带着一个硕大的包袱,里头全是纸钱。他们俩的脸在火光中浮动着,老刘将双眼眨了又眨,怎么也看不真切。当火苗渐渐熄掉的时候,原来的小屋就显出了透明的轮廓,四爷和一些黑影站在那间空屋里,寡妇已经不见了。四爷挥着手在说些什么,他那矮小的身影渐渐升高,双脚离了地。老刘觉得四爷所处的位置很可怕,他一次次设想万一四爷摔下来的情景,想得两眼发黑,不敢动挪。

罗寡妇和四爷夜间在这一大片废墟中越来越活跃,老刘将他俩烧纸钱的活动称之为"制造繁荣的假象"。什么东西的繁荣呢?老刘想不清楚,他不愿深究这类事。巡警看到,高楼的脚手架仍是这两个人青睐的场所。在那让人看着头晕的处所,他俩燃起火焰,不断向空中释放着"黑蝙蝠",使得见多识广的巡警老头都张大嘴巴看呆了。

坐在酒铺里,浑身是肉的矮哥喧哗着,高声说道:

"像四爷这种年纪的老汉,居然还可以站在三十层楼的脚手架上头眼都不眨,这种事堪称都市中的奇迹啊!"

酒友们都知道,矮哥是说给谁听的,都将热辣的目光投向寡妇,但罗寡妇垂着眼皮,一脸的傲慢。只有她养的那只褐色猫在酒友当中穿来穿去的,朝他们献媚地、

哆声哆气地叫着,使现场的氛围显得很古怪。不知谁伸出手一把捉住老猫,抱在怀中赞叹道:

"这就是都市之猫!"

那只老猫居然一动不动,做出依恋的神态。

"老猫,老猫,都市的元老!"矮哥随口唱了出来。

"老猫!老猫!"乌合之众一齐附和道。

罗寡妇离开柜台走进储藏室,她用力关上了门。

她在那些酒桶的阴影中发着呆,竭力回忆她那只猫儿去过的场所。有一瞬间,她似乎看见了一个毛茸茸的窝棚,但那只是酒桶的盖子罢了。不,她看不见她想看的东西,阴影重重叠叠,她的视力穿不透那些屏障。是不是她老了呢?屋角有一个巨大的骨灰坛,寡妇走过去弯下身用力摇晃那坛子,那些骨头就在里面发出类似金属的响声。她脸上出现一丝笑意,心里想道:"都已经过去那么多年了,那件事还是历历在目啊!"前些日子,她和四爷就是在这骨灰坛边上的泥地上滚成了一堆呢,他俩真是昏了头了。她记起丈夫老罗死后不久,她便坐在这里编了一首儿歌:"老罗,老罗!住在坛子里,敲着一面锣!"她的那些纸钱确实不是为他烧的,她烧纸钱开始为的是解闷,后来烧着烧着就对这事上瘾了。寡妇转身打开后门,放进来一大群野猫。她看见苍凉的暮色中有骆驼走过,一匹又一匹,她觉得眼前的景色太熟悉了。

这个时候,四爷正在十二层楼上的房间里看这个城市。他房里的窗户很大,正对着市中心的商业区,但为什么他看不见那些霓虹灯呢?一会儿天就黑了,他的眼前也是一片黑,连那些高楼大厦的轮廓都消失了。一连好几天都是这样,四爷心里闷闷的。他和她坐在已被搬空的大商场里头,倾听空旷的大厅里的脚步声。黑暗中,他变得啰唆起来,向她说起自己在家中看到的这个城市的情况,还不住地叹气。他不明白,为什么城市变成这样了。不爱说话的寡妇起先不耐烦地在那些被丢弃的空衣架之间走来走去,四爷不知道她有没有听见他的话。随着她的脚步远去,忽然他听到了她的声音:"你自己!"她就说了这三个字。四爷心里想,她是不是说他应该自己亲自去市中心看看呢?毕竟这里是他的家园啊。

四爷独自穿过废墟,走到了大路上。他碰见了巡警,巡警默默地朝他一鞠躬,四爷觉得老街坊的举动很古怪。他偶尔一回头,看见巡警不远不近地跟着自己,于是心里像往常一样感到好笑。马路上的路灯不知为什么灭了。四爷想,走过这一段,到了大百货商场就好了,那里是酒吧一条街,还有夜宵一条街,几乎整夜灯火通明。他靠边慢慢走,免得摔倒。

"我们以为它是这样,其实呢,它是那样。"是巡警赶上来了,对他说话呢。

"你说谁啊?"他迷惑地站住不动了。

"还不是关于路灯的事,你不是看见了吗?电业局总是搞阴谋。"

"电业局?"四爷感到一阵轻微颤抖。

"是啊,他们迟早完蛋!"巡警忽然拐进一条小巷,离开了四爷。

四爷心里好一阵迷惑。他们的城市缺乏能源,这他早就知道,可是,他还从来没有听说过电业局搞阴谋的事呢。这个总是尾随着他的巡警,心里到底打着什么主意呢?长期以来,四爷早已习惯于将巡警看作自己夜间神游的伴侣了,不是因为同他有共同的情趣,而是因为不论自己走到哪里,这个老头总会从身边冒出来。有时在夜色中,四爷感到自己像泥鳅一样灵活,谁也逮不住自己,可是只要一停下来,就会响起巡警的声音,令他感到气急败坏。

他走到酒吧一条街了,那些酒吧都开着门,但是每一家都只亮着一盏黄色的小灯,客人像鬼影一样在窗前晃动,似乎男男女女全抱成一团。一种深深的孤独向四爷袭来,他感到冷,于是缩了缩脖子。他想到夜宵一条街去,可是由于看不清脚下的路,他走得很慢。他所经过的一家又一家的酒吧全是一个模式:黑洞洞的大门口站着两个旗袍开叉至大腿的女郎，一盏昏灯照着巨大的玻璃窗，里头尽是影子。还好，门口的女郎并不拉客。四爷注意到人行道上也有像自己一样在黑地里行路的人，也是小心翼翼，走得很慢。街上没有车辆声，只有仔细倾听时，才可以听到玻璃器皿碰响的声音，脚踩着木地板擦出的声音，以及衣服的簌簌声。四爷觉得自己正在走进自己那黑暗的青年时代，而事实却是，他年轻的时候，这一带还没有任何酒吧，只有一家挨一家的自行车行。可是为什么会有这种熟悉感呢？熟悉得连骨头都产生了麻酥的战栗。他听见那些酒吧内的骚动声中都有同一种被窒息着的喊叫声，就像一个人看见了谋杀案，但又用手捂住了嘴巴一样。那声音像是女声，上了年纪的妇人发出的，因为被捂住了，所以又有点类似于叹息。四爷这一辈子从未进过酒吧，所以也不敢进去。他知道走完这条街就到了夜宵一条街，那时他就可以在大排档里坐下来吃一碗热馄饨御寒了。

虽然他十分小心地挪动脚步，还是有一个人撞到了他身上。他后退几步，坐到地上去了，那个人并没有摔倒，却站在那里哭了起来。

"你哭什么呢？你撞了别人。"四爷责备他说。

"我想进去，可是进不去。"他诉说道。

"进哪里？"

"酒吧啊。没有一张门是向我开的,我走啊,走啊,两脚都走肿了。"

"你进去干什么?"

"因为,因为我姐姐在里头啊。她是初二出走的,我以为她在城外,其实呢,她在酒吧里头。肯定是这样。"

四爷从地上爬起来,他觉得眼前这家伙说话的口吻同一个人很相像,于是问他道:

"你同巡警有亲戚关系吗?"

"你是说廖巡警吗?他是我爹爹啊。"

四爷两眼一阵发黑,他扶着电线杆镇定下来。他只想摆脱这个家伙,这个冒充是廖巡警的儿子的骗子,因为他知道巡警同他一样,也是个孤老头,根本没有儿子。那人并没有追上来,只是站在原地哭,这又令四爷有点失落感。

不知走了多久,四爷终于到了夜宵一条街——他估计他站立的地方应该是那里,因为完全变样了。那不是一条街,而是一个空坪,很多人在煤火前忙碌着,那些灶全是用装煤油的大铁桶改制成的。厨师是一些中年男子,一律赤裸着上身在炒菜。四爷注意到这个空坪里头连一盏电灯也没有,在暗夜里喷发的煤火的火焰给人一种到了某个原始地带的幻觉。空气中弥漫着五香牛肉和红烧羊肉的味道,四爷发现自己已经饥肠辘辘了。可是他找不到一个地方坐下来，此地既没有桌椅，也没有接待他的伙计。那些厨师将烧好了的菜随随便便放在地上，有的人则坐在火前发呆。他走近一个满脸胡须的人，同他搭讪。

"最近生意好做吗？"

"什么？"那人回过头来问四爷，放下了手中的炒锅。

"我是来吃饭的啊。"

"吃饭？你弄错了地方，这里没饭吃，你应该去夜宵一条街。"

"那么夜宵一条街在哪里呢？"

"走出这里就是。"他用手随便比画了一下，就坐到板凳上发呆去了。

四爷绕开那些煤火灶靠边走。这时后面有人赶上来了，是那大胡子厨师。

"刚才我一直在考虑你的事，你还是不要去那边了吧，最好哪里都不要去，就在这里等。"

"等谁？"四爷问。

"等你的心上人嘛。她是我姐姐。这张凳子给你坐，你就在这里等吧。这个地方黑了一点，市政府不让点灯，不过这是好事，我姐姐最喜欢待在黑地里。"

四爷坐下来之后便感到食欲从体内消失了。他抬起眼向四周扫去，看见所有的煤火灶都在将火焰喷向天空，恐怕将半个城市都照亮了。

"这里很亮啊。"他对大胡子说。

"这不过是假象罢了,外面的人是见不到的,你在高楼上不是也看不见这些火焰吗?"

"你们的顾客在哪里呢?"

"他们不会让你看见的,要等你走了,他们才会出现。可是我们,我们总在这里,一年又一年。"

四爷闻到浓浓的肉香,这里的每一寸空间都充满了那种香味。不过此刻,味道并不能引起四爷的食欲,他甚至有点恶心。那些放在地上的菜肴,究竟是让谁来吃的呢?在通明透亮的火光中,四爷看见那些厨师全都僵硬地坐在板凳上,做出企盼的姿态。

"你姐姐每天都来这里?"

"是啊。一般人都不敢来,可是她那么骄傲,什么都不怕。她来来往往,还帮我们生炉子。"

"你到底是谁?!"四爷感到背上出冷汗了。

"我先前也住在你们街上,你不会记得我的。你看,她不是来了吗?"

在场子边缘的黑暗中,寡妇正猫着腰在那里烧纸钱。她穿着黑衣,头上包着黑头巾,显得特别苍老,她有点不像这个世界里的人。

"啊,你来了。"

"嘘,不要出声。"

她用一根棍子去搅那一堆纸灰,黑蝴蝶纷纷飞向半明半暗的处所。这个时候,四爷看见厨师用双手蒙着自己的脸坐在地上,仿佛被这情景吓坏了似的。啊,她的身后还有那么大一堆纸灰,她在这里烧了多久了呢?她用棍子挑几下,那纸灰里头便火星飞舞。

"罗寡妇啊罗寡妇,莫非那桩事真来了吗?"有人在四爷耳边叨念道。

四爷一回头,看见了巡警。

"我们自己……"四爷不由自主地说出这半句话,他瞪着巡警,似乎是在向他提问。

"她是不同的,她是不同的。"巡警连连向四爷点头,表示赞成某件事,"你以为她住在我们里头,其实呢,她住在你想象不到的地方。我啊,我盯她的梢有二十多年了。"

火焰熄灭了,四周归于黑暗,四爷发起抖来,止也止不住。他脑子里乱哄哄地响着这句话:

"她是谁?她是谁?她是谁……"

但他说出来的却是:

"我想吃一碗热馄饨。"

巡警一下子活跃起来,高兴地回应道:

"我们去夜宵一条街,这就去!"

四爷跟着巡警往那边走时,寡妇和她弟弟已不见了,不知他们什么时候离开的。四爷看见那些铁桶灶已经不喷火了,但火势还旺,划出一个一个弧形的亮处,那些厨师坐在光亮中间,脸上都是那种怪怪的表情。巡警回过头来对四爷说:

"别看这些人面熟,你可是一个都不认识的。"

四爷很不喜欢巡警说话的腔调,可又觉得自己在他的掌握之中,这令他很懊丧。他突然感到自己的两条腿是那样的老迈,疲惫,他一步也走不动了。他四处张望,想知道"她"是否还在附近,他多么想同她说话啊。巡警埋怨说:

"你怎么又坐下了?你太优柔寡断了。坐在这黑地里,你以为生活有希望了,其实呢,你正走进一个死胡同,这种事,我看得多了。"

四爷想,他又用这种腔调同自己讲话了,几十年都已经过去了,这个老家伙还是坚持对自己所做的一切加以否定。他那么自负,认为只有他才知道实情,可是实情到底是怎样的呢?四爷的食欲又一次消失了,他不想去夜宵一条街了。这一大片空地,这些个炉火,此刻让他的脑海里出现了儿童时代的一个场景。那时四爷的父亲总在外地干活,冬天里,四爷将双手拢在袖筒里,到一个卖馄饨的老头旁边坐下等父亲,那老头使用的就是这种大铁桶炉子。老头总爱摸摸他的头,说同一句话:"你家的房子是从地里头长出来的。"现在那房子已经没有了,四爷住在高楼的临时住所里,一连好多天想了又想,最后才在"她"的帮助下理解了百年老屋从地面消失这件事。然而眼前的这些炉子,这些明亮的炉火,怎么一点也不使他感到温暖呢?巡警又不见了,四爷觉得这人一辈子总是躲躲藏藏的。

忽然,他的耳边响起了杂乱的呼哨音,是那些厨师口中发出来的。四爷一辈子里头从未听到过这么可怕的声音,他用手死死捂住耳朵,那些声音还是刺痛他的耳膜。他心里生出末日来临的预感,也不知哪来的力气,他一下站起来,抱着头就朝场外跑。他的前面也有好几个人在跑,其中一个似乎是自称是巡警的儿子的汉子。他们跑得快,四爷跑得慢,落在后头的四爷被那些噪音撕裂着,脑袋都要炸开了。

他终于回到了酒吧一条街。他喘着气回头一望,那黑黝黝的大片空坪已经不见了,那里正是夜宵一条街的所在,大排档的明亮灯光刺破夜空,蒸气弥漫在空中,桌椅间人头攒动。他不想吃东西,他要回家,这时他又听到了哭声。

"你怎么可以从我肚子上踩过去?啊?"自称巡警的儿子的汉子说。

他扯住四爷的衣袖哭哭啼啼。

"你回去吧,你回去吧,你不要跑到我们的地盘上来。"

他一边啜泣一边将四爷用力一推,然后自己缩进一个酒吧里头去了。

那一天,四爷睡到下午才醒来,他醒来之后的第一个念头便是关于"她"的。她还在不在此地呢?一个人怎么可以同时在这里,又在那里呢?他竭力回忆她那美妙的肉体给自己的感觉,可是在所有的场景中,他都像是一个第三者,有一个模糊的影子,像是自己的替身,在同她缠绵。白天里从高楼上望出去,酒吧一条街和夜宵一条街都可以看得见,但是他在夜里到过的那个空坪根本就不存在。他回忆起她说的那半句话"你自己……",有一件事在他心里渐渐清楚起来了。当他的百年老屋被拆掉时,他心里的那种悲哀是多么的浅薄啊。他就像一个摘了眼镜的近视眼,不管看什么都是模模糊糊的,而她,是他的眼镜。有时他又禁不住沉醉在遐想之中:他的老年生活是多么幸福啊。当然这种沉醉十分短暂,因为随即他便会听到父亲临终时的喘息。不管在什么时候,那种喘息都令他感到无法忍受。

邻居老刘敲门进来了,他满脸倦容,像被什么念头折磨着似的。他不坐下,就那么直挺挺地站在房中间。

他说话时不必要地挥动手臂,做些奇怪的手势。

"四爷,你的空房,借我用一用吧。"

"我早就没有房子了,你都看见了。"

"不,你有房子。我知道你有,你干吗遮遮掩掩的?这个地方,没人藏得住秘密。"

"那么,好,我借给你吧。"

"但是你没有诚意。你不是从心里愿意借。"

四爷觉得他说话的口气就像个流氓,而且他的手挥到他脸面前来了。

"你要我怎么样?同你一块养鸡鸭吗?"

"你没有诚意,哼,你这种人……"

他一边乱挥着手,像做体操似的,一边朝门走去。他出去了好久,四爷还闻得到屋里的酒味。老刘要是没喝酒,是不敢在他面前这么放肆的。也许这才是老刘的本性?这个几十年的老邻居,一直将他的底细摸得清清楚楚?那天他站在自己原来的家的宅基地上,看见父亲在远处的瓦砾堆里来来回回地走。他招手叫老刘到自己身边来,问他是不是看见了远处那个人影,老刘回答说看见了,他又问老刘是不是看清楚了,老刘说看清楚了。

"你知道他是谁吗?"四爷问。

"我不知道。这种事,你要去问你的心上人。"

四爷想,拆迁又能改变什么呢?即使盖起摩天大楼,

"她"还是生活在他自己去不了的地方啊。当他同她站在高高的脚手架上放飞那些黑蝙蝠时,他以为他俩心贴着心,其实呢,她是在向她自己的故乡发信号。而他,是看不见她的故乡的。那地方并不远,就在城里,比如昨天夜里去过的那个空坪就是属于那里的。四爷想象着她在酒铺里卖酒的时候,一下子就进入地下通道,同那些个厨师会合的情形,不由得十分嫉妒他们。下一次他再去酒铺后面的储藏室,他一定要仔细观察酒桶后面那些黑暗角落,看是否有地道之类。可是他又知道这是不可能的。每次他们一闩上门,立刻进入销魂的缠绵之中,哪里还顾得上别的。现在他的这种想法,正是上了年纪的糟老头坠入情网的表现,疑神疑鬼,到处打探,恶心得很。

四爷离开窗前,郁闷地走到后面的厨房里,用煤油炉子煮鸡蛋。他煮得很多,有十来个。他幻想着"她"会来同他一道食用这些鸡蛋,实际上这事从未发生过。他坐下来剥鸡蛋时,有人进屋来了,是那自称是巡警的儿子的家伙。

"找不到我姐姐,我只好来找你。"他说话时一脸苦相。

"找我有什么用?"

"你同那种地方有联系,同那种地方有联系的人我一眼就认得出来。你也要找人,对吧?"

他突然活跃起来,东看西看的,还推开门朝走廊里张望。

"哈!我看啊,她有可能就在这栋楼里!"

四爷厌恶地转过脸去不看他。他将鸡蛋收拾好,就开始洗菜。那家伙在同走廊里的什么人说话,叫叫嚷嚷的,兴奋地将门拍得啪啪直响。这栋旧楼里住的都是四爷的邻居,几十年风风雨雨,四爷知道他的这些邻居绝不是头脑简单的粗人,而是,怎么说呢,应该说他们是一些心理复杂阴暗、精通社会关系的人。四爷从来不相信他们表面的那种和善和不在乎的态度,总是本能地防备着他们。所以现在,四爷很想弄明白是谁在同这个家伙说话。他在房里竖起耳朵听,但总听不到走廊那头传来声音。最后,他放下手里的活走到门口去。四爷一走到门口,汉子就不出声了,垂下头,仿佛做了什么错事一样。

"你同谁说话?"

"我说话了吗?"他茫然地瞪着两眼,双手绞扭着。"我说话了吗?我不知道。我好像看见我姐姐了呢。我老爹说,让你们住进这栋高楼是供电局的阴谋。你也注意到停电事件了吧?我们这个城市可说是、可说是瞬息万变呢!"

四爷看见走廊里空空的,再看汉子,看见他一脸涨得通红。他回忆起这个人昨夜在酒吧一条街的表现,心里想道,也许他就是那种常年不醒的梦游者吧,一个城市里总是有一两个这种人，自己活了七十岁，才第一次遇见他。四爷又觉得，这个人可能会知道"她"的秘密，于是问他：

"你去罗家酒铺找过了吗？"

"我经常在那里搅坏她的生意。"他有点不好意思地说，"我一说话，那些个酒友们就很惭愧，他们一个接一个地悄悄溜走。她对我很生气，总将我锁在储藏室里。可是那个地方是我最喜欢待的地方，酒桶后面那些黑角落里……"

四爷注意到了他也称"她"为"她"，于是心里有点酸溜溜的。

"黑角落里怎么样？"四爷冷冷地问。

"黑角落里……黑角落里……我的天啊！"

他大张着嘴，说不出他要说的。

四爷一把抓住他的衣服前襟摇晃着他，嚷着："你说！说出来！"

他的身子瘫软下去，坐到了地上，他的眼珠一动不动。

四爷看着面前僵尸一样的男子，害怕了。他心里思忖：莫非他进入那种地方了吗？

"喂！喂！"四爷一边打他的耳光一边叫。

有人进房来了。由于他们堵着门口，那个人不得不用力挤进来。

"天已经黑了,今晚供电局又要搞鬼!"他大声说。

原来是廖巡警。

"这是你儿子吗?"四爷问。

"我儿子?我儿子不愿待在家里,早就出走了。这个人是文三元。不过也有可能他是我儿子,谁知道他会不会改名换姓呢?文三元是去年搬来的新住户。你觉得他长得像我吗?"

"不像。"

"我儿子也不像我。他去了那种地方,我就不好去追踪他了。二十多年都过去了。"

"哪种地方?"

"呸,我说漏了嘴。"

四爷注意到他根本没有朝门边的汉子看一眼,只是沉浸在自己的情绪中。他是来干什么的呢?他的表面职务是巡警,他是否另外还有一种真实职务呢?

他将手插进背心口袋里摸索了一会儿,掏出一个天平上的旧砝码交给四爷,说:

"你的心上人带给你的,瞧她多么体贴你啊。"

接着他弯下腰,用力一拉,将文三元拉起来,推着他往外走。两个人扭打着,骂骂咧咧地出了门,到了走廊上,然后下楼去了。

四爷将砝码凑到电灯底下去看,并没有发现什么奇异之处,这是块普通的砝码。巡警说"她"是因为"体贴"自己才送这个给自己的,是什么样的体贴呢?四爷觉得他必须等待,也许在等待中生活之谜将自己展开。

夜渐深,四爷戴上帽子正要出门时,文三元又来了。

"你以为我不会来了,其实呢,我根本就没离开。"他又用这种腔调说话了。

他大摇大摆地走到房里,拿过一把椅子坐下来。

"我正要出门,你找我有什么事?"四爷心里对他生出敌意。

"我能有什么事呢?我这种人?如今你的事就是我的事。"

他一反常态地显出挑衅态度,甚至掏出一把小手枪瞄准了四爷。

"你不要动!你动我就开枪。我正替我爹爹值勤,今夜的任务就是看守你。你现在给我退回去,待在那个角落里不要动。我爹说,整个地区治安问题的核心就是你,现在非把你的事解决不可!你别动,我要开枪了!"

文三元正坐在那一大包纸钱上头,那是四爷刚才放在椅子上准备带了出门的。四爷焦虑不安地看着黑洞洞的枪口,不知该怎么办才好。看来文三元不是要杀他,而是要将他困在房里,因为巡警认为他是治安的核心问题,巡警为什么要这样说呢?莫非怀疑他同某个地下黑组织有联系？他可是遵纪守法的好公民，他的夜间神游也并不影响任何人，这是怎么回事呢？一定有某个环节出了错。四爷心底盼望"她"来给自己解围，可是"她"在哪里呢？

文三元脸上始终挂着冷笑，握枪的手一动不动。四爷无法在枪口下弄清自己那些乱糟糟的念头，他的焦虑到了极限，双目怒张的脸成了一个面具。

鬼使神差一般，四爷的手伸向衣袋，摸到了那个砝码。他将砝码猛力朝文三元投去，文三元立刻倒在地上了，他的手枪扔到了屋角。

"你杀了我……"他咕噜道，他的前额上冒出血来，"还不快跑。"

四爷捡起地上的砝码，不管不顾地跑下了楼。

他的脑子里轰轰地响着"凶器"这两个字，他不明白"她"为什么要送他这么一件礼物。

像往常一样，罗寡妇的酒铺在七点钟准时开门，此时太阳正从街口那里缓缓地升起，新的一天满载古老沉重的重负开始了。她今天有点精神恍惚，因为她刚才打扫铺面时听见有个女人在外面同人吵架，那女人诅咒似的说："今天要下暴雨。"就因为她这句话，她提前撑起了遮雨篷。客人陆陆续续到来，罗寡妇心不在焉地做生意，并时不时走到门外看天。

酒友们也感到了铺里异常的氛围,他们不像往常那样喋喋不休了,只是闷头喝酒。一拨人喝完两杯就离开了,另一拨又来了。第二拨人里头有巡警,巡警也不说话,只是偶尔用钩子一样的目光在寡妇脸上钩一下。但是寡妇好像没有觉察他的目光,只是垂着眼皮干她的活。巡警心里想,没有任何事能使这个女人害怕。巡警第二杯酒没喝完就站起身来了。

"你不喝了啊?"老刘小声地、紧张地问道。

"我在那边有任务呢。"他的声音显得很不自然。

寡妇的手抖了一下,一只酒杯跌在地上,却没有破,酒友们都感到奇怪。这时巡警已经走远了。她蹲下去捡酒杯,就坐在地上了,用手捂着前额。

"你怎么了?你怎么了?"老刘朝她弯下身去。

"我头晕。外面在下暴雨吗?"

"今天是晴天。不会有事的。"

"当然,能有什么事呢?我就是头晕罢了。人都走了吗?"

"都走了。只有我还在这里,你要帮忙吗?"

"不。你走吧。"

她关上店门,走进储藏室。只有在酒桶的阴影中,她才有安全感。但是她看见了那件事。红的和黑的,滚滚而来，很快就要踏平她的酒铺。她赶紧坐到地上，抱住嘣嘣作响的骨灰坛子。她的身体始终绷紧着，她预感到雨快要下下来了。

黄昏时她扎上一条黑头巾外出。她走进了那栋尚未竣工的楼房的地下室。

四爷正在角落里簌簌发抖。

"你听，雨……我们自己……"她说。

四爷听见了暴雨打在他上方的平台上的声音，雨声令他松了一口气，他感到那桩罪行正在天气的猛然变故中化解。

"啊，啊！真是雨！我们自己！"

几分钟后，他俩就在那些纸钱上滚成了一堆。纸钱是她带来的，有很多，她将它们都铺在水泥地上了。当她在他的耳边悄悄地说"雨"时，他就看见了他父亲在洪水中撒网捕鱼的形象。忽然，他感到背部有烧灼感，原来是纸钱燃着了。这时她已经站起来了，正在穿衣服，她的动作不紧不慢。

"啊！啊……"

四爷冲出火焰的包围。

许许多多三角形的小火苗在地下室里跳跃着。她用脚尖去踢那些纸片，每踢一下，又有更多的火苗生出来，整个地下室被照得通亮。火焰还飞起来，在空中浮游。

多日来，四爷的阴暗的心情第一次变得明朗了。但是却响起了激烈的敲门声，是巡警。

"不要开门。"她说。

"当然不开。"

于是子弹穿过木板门打在对面的墙上：一响，两响，三响。

他俩紧紧地搂着对方，任那火焰将他们的肉体做燃料。

"暴雨啊。"她说。

"爹爹盖的房子，"他说，"他们都觊觎那间空房，因为那里头住着爹爹。"

大伙搬进新楼之后，关于四爷那栋小矮屋的记忆就渐渐地稀薄了。当然，那只是就表层的记忆而言，在深层的记忆里，那矮屋更为频繁地出现，简直成了此地居民做梦的背景。夜半醒来，他们站在高楼的窗前发一阵呆，叹道：

"这位四爷的爹爹，真是一位能干的工匠啊。恐怕今后再也没人能将房子的基脚打到地心去了，那种工程到底是如何完成的呢？不可思议。"

男人和女人都是醒了睡，睡了醒，反复地折腾，希望在某一次探险中查明底细。

白天里,他们坐在罗家酒铺的酒桌旁继续冥想,偶尔也有人说这样的大话:

"四爷是有些乖张之处,可是同他爹爹比起来就是小巫见大巫了。"

不过大多数人白天里都不谈这个话题,因为想不起来要谈什么了。他们谈论的是地下走私的活动,这些汉子用炯炯发光的眼睛盯着罗寡妇叙说那些离奇的故事。对于他们,她向来是不屑一顾的。让他们去编造离奇事件吧,都市的生活实在是枯燥无聊得很,她这样想道。

好多年以后,罗寡妇仍然不能清楚地回忆出自己将砝码交给巡警的情形。也许并无那回事?也许那回事发生在梦里?

四爷要在都市的监狱里度过余生。寡妇在探视室同他会面,她觉得他看上去清瘦而镇定,脸上的迷惘之气一扫而光。

"你自己……"寡妇说。

"这几天我正在忙那项工程。"他说。

她长长地吐出一口气,美丽的脸上浮出宁静的表情。

罗寡妇开始在自己的铺里烧纸钱。每天上午十点半,储藏室里的骨灰坛子无端地就响了起来,像敲响了军鼓一样。

寡妇脸上显出听天由命的表情。她拿纸钱的右手显得有点僵硬，指头已经捏不成拳头了。这是夜里发生的事，当时巡警在铺面外头叫她"老罗"，一连叫了五声，她想，究竟是叫她丈夫还是叫她？然后她就发现右手出问题了。

她将纸钱放在屋当中，酒友们便默默地围成一个半圆。

"有打火机吗？"蹲在地上的她抬头问道。

矮哥点燃了那些纸片。

那是一堆三角形的小火，他们以前看见过的那种。纸片烧完了，火还是不灭，无根的火有模有样地升腾着。酒友们陷入深深的回忆之中。

"雨……"她的声音细得几乎听不见。

"雨啊！"八九个酒友齐声应和道。

火终于灭了，酒友们仍然是泪眼蒙眬的。年复一年，他们聚集在这里难道仅仅是为了喝酒吗？

"你的杯子掉在地上了。"矮哥同情地对她说。

"啊！"她说。

她举起右手，张开手掌给他们看。他们看见那只手掌正在变黑，黑色从指尖开始往掌心蔓延。她用左手掰了掰那些指头，它们像木棍一样僵硬。

在外面，在耀眼的阳光下，都市生活如滚滚车轮。如果静下心来倾听，就可以听到石匠将铁锤砸到花岗岩上头的声音，一下一下，永不停息。

小姑娘黄花

一下午我都在房里筛米,我必须筛完一米缸。我的眼睛昏花,胳膊酸痛。

啊,太阳终于西斜了。我知道在黄昏的时候,禾坪的上空便会响起幼童们清脆的歌声。这种情形有过多次了。他们唱道:

"金稻穗呀,金太阳!

向日葵生长在山坡上!"

我向禾坪的方向望去,却从未看见过幼童。我的上方晃荡着一双赤脚,那是黄花的小脚,瘦瘦的、灵巧的、有疤痕的脚。她老坐在这棵树上吃桑葚,吃得嘴巴都成了紫色。

"黄花,黄花,你妈来了!"我说。

她立刻就像猫儿一样顺树干溜下去了。我再从窗口伸出头时，已经看不见她了。她总是躲着她的父母在外面游荡。

我把谷子拢到一起，将米缸盖好，就去厨房找吃的。爸爸妈妈和哥哥还没回来，他们在邻村打短工。我们这里地少人多，所有的人都常出去打短工。饭已经蒸好了，我先装了一碗吃起来，饿起来没有菜也吃得很香。

一碗饭还没有吃完，黄花就钻到厨房里来了。她蹦蹦跳跳的，猪尾巴辫子甩动着，突然她跳上了灶台，叉腰站在上面。

"黄花你干什么，我爸要回来了。"我说。

但是黄花还是不下来，过一会儿她又站到了窗台上。她说我们家厨房里有吃人的耗子，像一只小枕头那么大。天已经黑了，我很害怕黄花碰跌碗碟，就起身去搂了柴来烧火，好让厨房里有亮光。我一边烧火，一边炒萝卜丝，这期间黄花一动不动地站在窗台上，也不怕烟熏。我说：

"黄花啊黄花，你这个小孩，你回自己家里去吧。你站在这里，我就老想着你的事，我自己的事全都做不成了！"

我听见父母哥哥他们进了院子，正在放工具。当我从外面提了一桶水进来时，黄花就不见了，她大概是跳窗子出去的。

我们一家人吃饭的时候，黄花的爹爹来了。他一声不响地站在门口。

我告诉他说，黄花已经走了。他似乎不信，满腹狐疑地朝我们屋里看。我站起身，拉着他往里屋走，爸爸和妈妈都将脸埋在碗里笑。他将我们屋里的每个角落都检查了一遍，灶眼里都不放过。我问他灶眼里怎么藏得住人呢？他从鼻子里哼了一声，不理我，又用耳朵贴在壁上去听。这时我隐隐地感到此事非同小可，黄花这家伙在她自己家里做下了什么样的怪事呢？我怎么也想不出。

"老黄啊，你就当女儿出远门去了吧。"妈妈一边说一边还在笑。

"说得倒也是。"

黄花的爸爸一边口里小声咕噜了一句，一边从屋里退出去。他突然想起了什么，回转身对我说："你有没有给她东西吃？"

我说没有啊。

"她可是整整一天没吃饭了！"

他快步往家里走，那背影像我们猪栏里那只花猪。

夜里我三番五次地醒来，因为一个声音"小兰，小兰"地喊个不停。有一刻我清醒过来了，的的确确听见是黄花叫我去挖灵芝。当时我困得厉害，一翻转身又睡着了，梦里头我看见她黑着一副脸向我抱怨。"我舅公坟头上的灵芝,有小枕头那么大了!"她总是用枕头来打比喻。我想,既然有那么好的灵芝,为什么她不独自去挖,非要叫上我一块去呢?我在心里并不将她看作最好的朋友,因为觉得同她之间隔了一层什么东西,莫非她偷偷地把我当作最好的朋友?

第二天上午,二嫂过来借火柴,告诉我黄花摔坏了腿。我心里一惊,没心思干活了。看来,她独自去舅公的坟头上了,我知道那座坟在半山腰上。

他们家的狗叫得特别欢。我进了屋,发现好像只有她一个人在家,她瘸着脚在煮猪潲呢。看来摔得不厉害。

"我在厨房里摔的,踩在我自己扔的西瓜皮上头。"她皱着眉头说。

"你昨天夜里……"我说了半句,突然恐惧地中断了。

她往灶眼里塞了一把柴,抬起头来说:

"你是说夜里那些事啊,我搞不清楚的。夜里我到处走,我不记得我走了哪些地方。这里很闷,不是吗?"

她的两只手臂上都有一摞伤疤,我估摸她布衫下边那小小的身体一定是伤痕累累。

"你去你舅公的坟上了吗?"

"没有。"她肯定地一摇头,"天一黑,那地方就成了鬼门关,谁敢上去啊。"

她拿柴的手在发抖。我记起她爸爸昨天来我家找她的情景，不知怎么，她的一些举动让人心惊。

我从屋里出来，看见黄花的父母回来了，两人都是垂头丧气的样子。

"小兰啊。"他们异口同声地说。

"黄花的腿上了药吗？"

"没有，没有。我们不知道要怎么办。"

两个人都惊慌地躲避我的目光，这一家人真没法接近。

我出院门的时候，黄花也溜出来了，一瘸一瘸的，胳膊在空中划着。她说让我看她的伤口，不过要找一个秘密的地方。她带我钻进一个土洞，我们在铺得厚厚的干草上坐下来。她将一层又一层的绷带拆开，那些绷带都被血浸湿了。最后，我看到戳出皮外的白骨，我差点晕倒。接下来我就不敢朝她的伤口望一眼了。她一边换绷带一边给我讲她的舅公。那故事模模糊糊的，在我的印象里，那舅公不是一个真人，而是一只老蟾蜍，住在村外的一个水洼里头。黄花说她从懂事那天起就每天都要去找她的老舅公。后来他死了，被埋在山上。但据黄花说，没有任何人看到尸体。开头一段时间，她还是每天去村外的水洼那边，想等他出来，后来才不去了，转而到山上去碰运气。我问她她的腿怎么办，她不以为然地说，总会好的。她又告诉我说她挖到了灵芝，因为怕家里人发现，就藏在山上了。她爸爸最不喜欢舅公了，说如果她再去那坟上，他就要打死她。她不想被打死，所以要瞒着家里的人。

说话间她的腿已包扎好了，我一想到她小腿处向外戳出的白骨就浑身发软。她推开我搀扶她的手，说："你这个胆小鬼。"她这句话又使我回想起梦中的情景，难道那是真事？接着我又听见洞的深处有人在讲话，声音很小，很急，像在商讨有关性命的大事呢。我问黄花是谁在里头，她说里头没人，不信我可以进去摸一摸，这个洞很浅。我往里面走了三五步，果然就触到了洞壁。我又摸回来，可是黄花却像变魔术一样消失了，我再也摸不到她，也许她出去了。

我站在耀眼的阳光里，打量着这个丑陋的洞口。想来想去，我觉得黄花还是在里头，也许那里头有个秘密出口我没摸到？比如说头顶上？正在这时，什么地方响起了蟾蜍的叫声，我浑身起鸡皮疙瘩，于是头也不回地跑了。

黄花是在谁也没有注意到的情况之下长大的。在这样一个人口众多的穷村子里，谁会去注意一个不起眼的小丫头呢？黄花的爸爸妈妈属于那种胸怀狭小，偷偷摸摸的类型。这种人同你谈话之际总在偷窥你,担心你要害他。即使你帮了他的忙,他也犹犹豫豫的,怀疑你会抱着对他不利的目的。我们村里大部分人都是这种性情,也许是因为这里穷得出奇吧。然而到了黄花可以往外跑的年龄时,她却成了父母的心肝宝贝。说起来,她家里还有三个哥哥,乡村的风气是重男轻女,黄花怎么就成了宝贝了呢?黄花老在外面疯跑,这两口子就老是在外头寻找她。一到黄昏,总可以听到那老娘哭丧一般的喊声:"黄花——黄花——"黄花从来不答应,可她还是叫。其实黄花长这么大倒并没有真正出过事。有一回村里人看见她背朝上浮在小河里,以为她淹死了,赶忙去叫她爸爸。她爸爸也以为她死了,因为她不会游泳。他用钩子将她钩到岸边,她却睁开了眼睛。父母虽管不住她,却有一件事他们决不能容忍,那就是黄花去舅公的坟头睡觉。听说黄花出生时舅公已经死了,是得怪病死的,家里人谁也不愿提这事,因为不光彩。那人虽被深深地埋在地下,黄花的父母还是担心她被传染。某些神秘的传染病在乡下是最可怕的东西,黄花的父母想要黄花彻底断了去舅公坟上的念头。有段时间,为了防止黄花往坟上去,两口子干脆轮流值班,背一把凉椅去躺在墓旁,这一来倒很见效。虽然被宠爱,黄花在家里也得干活——谁家没有干不完的活呢?所以总得有人干。她爸爸还认为她干得越多越好。"双手不空着，就没时间胡思乱想了。"他在家里老说——这是黄花告诉我的。黄花说这话时神思恍惚地问我："我爸爸是什么意思？"她爸爸的话是什么意思呢？她一问连我也没有把握了，那男人的一双贼眼在我脑海里闪烁。

我最讨厌的事就是剁猪潲，又费力又枯燥，恨不得一刀剁在手上成了残废，从此脱离了这个活计。我今天干这活的时候，黄花像影子一样潜入了屋内。

"小兰，我妈妈可能快死了。她在绝食。"

"啊！"

"她干吗绝食？这是第三天了。"

她其实并不担心她妈，她脑子里在打自己的主意。她告诉我说夜里她要上山，因为她爸守着她妈，怕她妈会出意外，这一来就没人管她了。我知道这种事谁也没法真正拦住她，可她为什么告诉我？是邀请我同她一道去吗？她没有邀请。我停了手里的活计，瞪眼望着她，她还是没有邀请我。她总是独自一人去舅公的坟上。

在这之前我绝对想不出一个绝食三天的人会是什么样子。女人的脸缩得像饭勺那么大，五官成了皱巴巴的一团。我看不见她的身子，因为被白布单盖住了。我的印象是，她再缩下去就消失了。黄花的爸爸双手紧抱着头坐在床边，紧张得发抖。他既不设法救妻子，也不同她说话,仿佛只是坐在那里等她死。黄花扯着我向外走。

"我不喜欢看别人寻死。"她说,"我心里有烦恼。"

"你妈真的在寻死吗?"

"是真的。我还知道舅公也同她一样。舅公根本不是得怪病死的。"

我简直不敢相信自己的耳朵,比我小四岁的黄花居然知道这么多事!我邀黄花上我家去,她一个劲地摇头,说:"我才不去呢。"我想,也许她今夜要在坟头上过夜了。那种地方,我是绝对不敢单独一个人去的。

"黄花你带我去吧。"我哀求道。

"你把你的布鞋借我穿三天。"

她提出条件了。我知道她一直觊觎我的布鞋,我在这双鞋的鞋面上绣上了一条蜈蚣。没人将蜈蚣绣在鞋面上,可是黄花喜欢古怪的东西。我不情愿地脱下鞋,她立刻将自己的脚伸进去,她的脚小好多,像踩了两只船。她兴冲冲地蹬着我的鞋走开了。

大约三四天后,我看见黄花的妈妈摇摇晃晃地从屋里出来了。她的样子改变得很厉害,身体缩得像小孩子一样,比原来至少矮了一个头。她一步一挪,挪到枣树下,便费力地坐了下去。黄花捅了捅我,说:

"你看,我妈妈变样了。她现在只吃流质,我每天给她榨番茄汁和萝卜汁。总有一天,她会缩得像一个核桃那么大。"

"核桃？！"

"是啊。我舅公最后就是那么大。"

"你怎么知道？"

"我看见了。我有办法钻进那座坟。真的是核桃一般大，不骗你。你等等，我算一下就告诉你。我想要你加入我们这一伙。"

她在心里默算了一气，说：

"十三年。再过十三年，我就会开始绝食了。我原来以为妈妈不是我们一伙的，没想到她也开始绝食了。你真的要去吗？"

我同她约定后半夜在我家后院碰面。

那天夜里，我们去的地方不是山上，却是村里原来用作仓库的一间旧房子。

黄花点燃带来的油灯，然后动作麻利地撬开墙上的几块砖，我便看见了夹墙里面端坐的老人。我几乎吓晕了过去，以为是遇见了鬼魂。

"你不喜欢他吗？那么我把这墙封上。"

她又将那几块砖复了原。

"那是我舅公。"她说，"他一直在里头，他早就不用吃东西了。你没想到吧。我看啊，我们这个村子里家家都有夹墙，可惜没人拆开看看里头有什么东西。我是有一天听见他在里头说话才动手拆墙的。"

她说话时皱着眉头,装出大人的模样。

"舅公!舅公!"

她一喊,整个房子就嗡嗡嗡地响起来。

"你听!你听!舅公在说话!"

她激动地抓我的背,抓得我生痛。

"黄花,你舅公在里头干什么呢?"

"你还不知道啊,当然是在绝食。他不爱声张,所以呢,大家都以为他得怪病死了,就埋了他。后来他从土里爬出来,躲在这里头了。有好多人,躲在各式各样的地方。"

"你是怎么知道他们的呢?"

"我留心听啊。躲在那种地方,他们总是要说话的,他们最怕别人忘记他们。"

走出仓库,一阵风迎面吹来,我冷得牙齿打战。黄花情绪高昂,一点都不感觉到冷,说话大喊大叫的。在我们前方,一队影子在朦胧的月光下屹立不动。我想绕道,却被黄花死死抓住向那些影子冲去,她哪里来的这么大的力气啊。影子们一点都不形成阻碍,我们毫无感觉地穿过了他们。

"我总是这样的,我横冲直撞,他们就让路了。"黄花骄傲地说。

"他们是谁啊?"

"还不是我妈妈那伙人。他们也想到夹墙里头去坐着。我看呀,他们是舍不得那些好玩的事,所以就变成影子来吓人。他们才吓不倒我呢。"

我曾经偶然想到,我们麻村有那么多的空房——仓库啦,工具房啦,烘房啦,某一家迁走后留下的祖传的旧宅啦,就那么空着。平时是没有人到它们里头去的,所以这些空房里头都有股墓穴的气味。自从黄花带我去了那间仓库,我们在里头待了一阵之后,我就注意起这些地方来了。我观察到麻村的人们并没有完全忘记这些地方。几乎每一个人走过了空房之后,都忍不住回头看一看,有的还将脑袋从缺了玻璃的窗口伸进去探那么几探。看来,麻村人是绝对没有将这些废弃的空房遗忘的,说不定还日夜牵挂着呢,是不是每间空房的夹墙里头都端坐着一个舅公似的人呢。有一天,我发起狠来挖掉了那间从前的烘房里的好几块砖。可是烘房的墙并不是夹墙,当然也不会有任何人坐在里头了。黄花对我说了谎吗?我又去了其他的旧房子,当我站在它们里面时,阴森的寂静时常吓得我落荒而逃。那种静,不是一般的静,我只要一关上门,房子就变成了地窖。黑暗潮湿的感觉是从身体内部生出来的,我是被自己吓着了。

"黄花,你的舅公还在仓库里吗?"

"我舅公从不在一个地方待着。"

"那么他在哪里呢?"

"他呀,我去找他时,有时就找到了。平时我不知道他在哪里。"

黄花不乐意我盘问下去,她朝我一瞪眼,说她心里烦得很,因为她妈妈又在家里绝食了。妈妈一绝食就得躺下,而她自己就得干好多的活,有时干到半夜都干不完。"我可不愿干活,我想跑开,可是舅公又不答应。"黄花捡起一块鹅卵石往塘里砸去,我很少见到她这么愤怒。看来她一点都不爱她妈妈。她翻了翻白眼,想出一个主意。她要我夜里到她家里来帮她舂米,这样她就可以偷跑出去采灵芝。我觉得她的主意有点奇怪,我自己也有活要干,怎么可以跑出来帮她干活呢?当然硬要这样做也可以,但是她有什么理由逼我这样做呢?黄花是个做事不需要理由的女孩,她说出她的念头后就走开了,留下我一个人站在烘房的屋檐下胡思乱想。

当天夜里我没有去她家,因为我要赶着编草鞋,家里人没有草鞋穿了。我编完草鞋去睡觉时,怎么也睡不着,因为黄花的爸爸的喊声顺风传到我房里,怪凄凉的。他喊的是黄花,大约小姑娘又跑掉了。她爸爸喊完,她妈妈的声音又响起来了,也是喊她,歇斯底里的,咬牙切齿的,好像要咬她一口似的。她不是在绝食吗?不是气息奄奄了吗？怎么有这么大的力气来喊叫呢？听那声音就像一只母老虎在咆哮呢。我从床上坐起来时，看见一个黑影溜进了屋。是黄花，她将一团黏糊糊的东西塞到我手里，告诉我她马上要走，她妈妈在等着要喝灵芝汤呢——喝了这个就又可以继续绝食了。她走后我点起灯来看手里的东西。这个东西并不是灵芝，有点像动物的内脏，轻轻一捏，就渗出血来。我一恶心，就将它扔到了地上。它在地上发出微弱的磷光。

"小兰，你在干什么呀？"妈妈站在门口问道，"这是一朵灵芝，你把它扔在地上了。"

她弯下腰捡起那个东西，轻轻巧巧地回她房里去了。

吃早饭的时候，我们大家都低着头，谁也不看谁。吃完饭我就收拾好碗筷，然后出去割猪草。妈妈喊住了我。

"你早点儿回来喝灵芝汤。"她说。

"我不喝。这是从得怪病死掉的人的坟头上采来的。那人死后又复活了，躲在村子里头。除了黄花，你们都看不见他，我只见过他一次。"

"你说的事很稀奇，但我和你爸爸都经历过这种事。一个人死了，坟头上长出灵芝来，是很自然的。为什么这灵芝就不可以吃？我们要吃的。"

"妈妈，我问你，人怎么可以不吃不喝坐在夹墙里头呢？"

"这种事现在稀少起来了,在我们年轻的时候啊,想进去就可以进去,你爸爸都在那里头坐过三天三夜呢。"

我才不喝那种污血做的"灵芝汤"呢。我割猪草的时候又割到了那间烘房的门口。门已经朽烂了,白蚁在上面爬行,屋里面像有动物在活动,推开门望进去,却又什么也没有。有人坐在烘房的杉木皮屋顶上唱歌,是一个小男孩,全身光溜溜的没穿衣。

"金稻穗啊,金太阳……"他唱道。

我仰着头看呆了。这个小孩,不是灰禹家的吗?过了一会儿他就下来了,这回我看清了,他穿着裤衩和背心呢。

"小兰姐姐,黄花要我带你到她那里去。"

"黄花在哪里?"

"就在这屋里嘛,上回你不是进去了吗?你那么快又出来了。"

我们推门进去之后,他就搬开了那几块活动的砖,里头黑糊糊的空间显了出来。

"你进去不进去?"他叉着腰,挑衅似的问。

我放下装猪草的篮子就爬进去了。然后那小孩又将那些砖堵上了。

在黑暗中,我看见黄花了。不,应该说,我根本看不见黄花,但我知道她坐在我对面。阴湿的气体从我内部生出来,我又害怕起来。当我伸手去摸索的时候,我吃惊了:里头怎么这么宽敞呢?我根本摸不到墙。我又走动了几步,还是摸不到。虽然我什么声音都听不到,我还是感觉到黄花在我对面笑。我担心我的耳朵坏掉了,就揉了揉耳朵。这一揉,就像捅了马蜂窝,嗡嗡嗡、嗡嗡嗡的声音包围了我。

我终于摸到了一根东西,那好像是一根粗大的树根。树根怎么会长在夹墙里头呢。当我握住那树根时,它就抖动起来。我不知哪来的力气,双手紧握它向上面攀爬。我爬了一会儿,嗡嗡嗡的声音在我脚下远去了,我觉得自己不再在夹墙里头,而是到了半空。那么,这树是长在空中的吗?我刚想到这里,脚下就踩着了硬地。

我的身旁有一个人在挖土,在微光中我看见他站在自己挖出的坑里,那坑已挖了半人深。我问他是不是挖坟,他说是的;我又问他给谁挖,他说给黄花的妈妈挖;我问他黄花的妈死了没有,他的回答很奇怪,他说:"怎么会死呢?人死了就不用挖坑了。"他这句话使我寻思了老半天,然而还是想不通。我想到黄花的舅公,他不是也没死吗?

"你是谁家的?"那人突然问我。

"我是徐良家的啊。"

"徐良家的?一边待着去吧,还早得很呢。"

他将挖出的泥沙用力甩到我身上,我躲避不及,被眯了眼,啊呀呀地呻吟起来了。接着我就听见这男子在同黄花说话。他俩似乎达成了什么协议。

黄花过来了,她拿开我的手,叫我不要揉眼,因为"只会越揉越痛"。接着她又凑到我耳边说:"我让他帮你也挖一个坑,已经找好地方了。"

我忍着疼痛用力一看,看见黄花了。她的脖子怎么像蛇一样又细又长呢?因为这条比头部还长的脖子,她看起来比我还高了,她的头在空中浮动,像要从肩膀上游离开去似的。当她伸出手来搭在我肩上时,那手就如面片一样黏在我衣服上面。

"小兰啊小兰,你爸妈怎么把你生成了这个样子呢?"她装出大人的口气说。

我对她的装腔作势极为反感,就顶撞她说:

"你啊,是一个没有前途的小姑娘!"

不料她听了这句话就兴奋起来,欢呼道:"一点也没错!"

接着黄花又同那人叽叽咕咕了一阵,我想偷听,只听见这几个字:"淹死"、"逃生"。是什么地方涨水了吗?我从红肿的眼缝里看见他们正在离开。

"黄花!黄花!"

"小兰,你不要动。你是自己找到这里来的,不是吗?"

她阴险地说。

他们两个走远了。

我坐在原地。这到底是什么地方呢?忽然我的脚触到了硬地的一个裂口。我往那个方向伸了伸腿,啊,不是什么裂口,也许我坐在悬崖上呢。在我的下面,像是很远很远的深渊里,传来敲击石头的响声。我抬起头来,我的头顶有微弱的光源,那光源被一团雾气裹着,忽明忽灭的。是不是一团鬼火呢?我回想刚才的事。起先是我在烘房旁割猪草;然后灰禹家的小孩叫我去见黄花;于是我钻入了夹墙,他堵上了夹墙的缺口;我一进去,夹墙就不再是夹墙了;空中悬着粗大的树根,我顺着树根往上爬,爬到了这里,看见了挖坑的人,还有黄花同他在一起;然后他们两人又离开了。当然,这绝不是一个梦。也许在我的村子里的那些空屋里头,全都有通往这种地方的途径呢。敲石头的声音一下一下的,很有规律,我隐隐约约觉得那下面有人。

妈妈来了,妈妈的手也像小兰的手一样黏糊糊的,她说刚刚用手抓了灵芝。她将手掌放到我鼻子下面,我闻到了恶臭的味道。

"妈妈,这是哪里?"

"我不是对你讲过吗?就是我和你爸年轻时常来的地方。你看这崖边,说不定可以找到燕窝呢。啊,我摸到了一个!"

她将手中的小元宝似的东西递给我,说是燕窝。燕窝热乎乎的,在我手中停留了一会儿就变得柔软起来,我一捏,居然又渗出深色的汁液来,像血一样。

"这就是燕窝,那些穷途末路的燕子,一批批撞向这山崖,大部分都撞死了。没死的就筑出了这种软乎乎的巢。"

那一天,我和妈妈边谈话边走,没多久就回到了家里。妈妈叫我喝燕窝粥,那粥有股腥味。我放下碗时,爸爸说:"哈!你看你!"我不知道他是什么意思。

我有一个秘密企图,我打算哪一天同黄花一道从夹墙里走到那种地方去,然后在心里将路线牢牢记住,以便今后随时可以重返。

黄花在树上睡着了,我声嘶力竭地喊她,她还是没醒。她在树干开叉的地方坐得稳稳的,两臂紧抱树丫。我很气愤,就把我家的黄猫放到树上去。奇怪的是猫儿一上了树,也变得昏昏欲睡,它趴在黄花的后颈脖上打起呼噜来了。阳光照着枣树,树上那一对一副傻样子,我看了忍不住要笑。

到了下午,黄花终于醒了,溜下树来。我和她并肩站在台阶上时,看见一队人在往村里走,那些人一个个显得垂头丧气。我还注意到有几个手里拿了钢叉,叉子上有血迹。黄花说:"他们打败了。"我问她是被谁打败了,她含糊地说,是"那种东西"。

当我表示我想再去那种地方时,黄花打断了我的话,告诉我"舅公沉下去了"。

"沉到河底下去了吗?"

"不,沉到地底下去了。这里的人和他打了一大仗,没人打得过他。他们急了,就用叉子去叉,叉得他身上尽是窟窿。后来他就沉下去了。你听。"

我听到村头有人在哭天喊地,黄花说那个人是做了噩梦,不想活了。这个时候,我感到头上的天阴惨惨的,不由得情绪低落。又想到还要整理菜土、打猪草、为家里人打草鞋,不由得心底升起厌世的情绪。黄花瞪着一双斗鸡眼,看透了我的心事。

突然,黄花扑向她的邻居,一个叫黄树的小伙子。也不知她哪来的那么大的力气,她一把夺过小伙子手里的钢叉,然后猛地往他脖子上叉去。小伙子的脖子上流出血来,他坐到地上呜呜地哭起来了。小伙子的父亲,一个半老的干巴老头,也坐到地上陪他哭,口里还不住地叨念:"他成了这个样,还怎么见人?他成了这个样,还怎么……"

黄花似乎是被自己的举动吓住了,她扔了叉子,一个劲地央求我说：

"小兰小兰，你快把我藏起来吧。"

我看了看周围，发现手拿叉子的人们已经将她围起来了，一个个怒目圆睁。莫非村里人要杀她？黄花一步步后退，退到了她先前藏身过的那个土洞，只见她一闪身就进了洞。我呼喊着她的名字也扑了进去。

一开始，我们似乎甩开了村里人，因为洞里很寂静。我紧紧地捏着黄花汗津津的小手。黄花领着我往土洞的深处走。奇怪，这洞变得这么幽深了。虽然我的身体老是碰着洞壁，但前方的确在延伸。

"他们为什么不追进来呢？"

"他们不敢嘛。这是舅公的地盘。你听，老鼠。我们头上是原先的仓库，现在仓库废除了，这些老鼠还是住在这里。它们以为好日子还会来呢。"

我们拐了七八个弯之后，右边响起了一种奇怪的声音。当我们往右边去时，洞就变得宽阔了，再也碰不到洞壁。黄花说舅公在周围布了很多陷阱，用来捕蛇和穿山甲，我们听到的响声就是那些小动物在挣扎时弄出的。她还说，舅公在这里时，洞里的任何活物都逃不出他的魔掌。只有老鼠是例外，但老鼠住在上面，从来不敢下来。"我把这个地方叫'坟墓'。"她得意地告诉我。

她弯下腰去捡起一个东西，塞进口里吃了起来，她说她吃的是灵芝，还说灵芝也是可以栽种的，她怀疑她舅公就栽这种东西。

"小兰，空气里头也长灵芝呢，你用手抓一抓看。"

我伸出左手一抓，无名指和小指头就被什么东西咬了一口，血流到手背上。

"什么东西咬人？"

"可能是老鼠。这里头的老鼠可以飞，像蝙蝠一样。小兰，你愿意和我沉下去吗？"

"沉到地底下去啊？可是我的手肿起来了，你看，我的指头快有萝卜那么大了。我会死吗？万一我死了呢？"

黄花不理会我的诉苦，她蹲到地上去摸索，口里说着"快了，快了"。

我最后听到她的声音是她轻轻地喊了一声"舅公"。

很快洞里就被照亮了。原来我所在的地方根本不是什么土洞，而是村里的会议室，或者说以前的会议室，因为从我记事起村里就没开过会了。刚才之所以那么黑，是有人将窗户用黑布蒙住了，现在他们还将黑布挽在手臂上呢。他们就是刚才那一队人，其中的几个将钢叉放在身旁，对着亮光研究自己的手掌。我看见他们脸上都有黑斑，鼻头也发黑。叫黄树的小伙子脖子上缠了纱布，他走过来问我可不可以带他们去黄花那里。我说黄花恐怕到她舅公那里去了。这时大家就恐慌地哦了一声，面面相觑。那几个人又将钢叉紧紧地抓在手里了,一副大难临头的模样。

连我自己也想不到,我突然教训起他们来。

"你们这些人,贪生怕死,只会在村里荡来荡去。你们要干什么呢?你们知道吗?"

我的声音尖利地划破空气,发出咝咝的声音。莫非我变成了一条蛇?

大家听了我的话,都抱着头往地上坐去。还有人居然不害臊地哭起来。我起身准备回家,有人扯住了我的衣角,我回头看见冥嫂。冥嫂住在山那边的洼地里,孤零零的茅屋被山洪冲倒好几次,可她又在原地盖房。冥嫂有个儿子,去年出去打短工后就再没回来了。冥嫂知道他在哪里,托人去问他,他就说:"等我死了再回来。"住在洼地里的冥嫂有时也到村里来,她是来为父母扫墓的。我常听妈妈说,这个女人身后有长长的黑影,这种人注定了要独来独往。冥嫂扯住我,欲言又止的模样。

"冥嫂,有事吗?"我问。

"小兰啊,我看着你长大的。"她松开手,垂下了眼,"你夜里睡觉时不怕吗?"

"我当然怕。尤其是雄鸡乱叫那会儿。你有什么办法吗?"

"我怎么会有办法,我比你还害怕。我啊,有一次把自己藏在米箱里。"

她说完就往后退,退到那一堆人当中去了。

我打开大门,走出会议室。天下雨了,村里人都在土里插红薯。他们弯着腰,头戴尖顶斗笠,看上去像我梦里遇见的那些鬼。我从村头游荡到村尾,想找到黄花的事件的蛛丝马迹。我又去了那个土洞,土洞实在是很浅,一进去就碰到了洞壁。我将里头摸了个遍,什么缺口也没找到。这是个死洞。我很懊悔:为什么我不能将走过的路线牢牢记住呢?要是那样,或许我可以随时去同黄花会合了。从土洞里出来,我又去了烘房。不知是谁将烘房的门用铁条钉死了,不过窗子倒是开着的。我爬到窗台上朝里面一望,望见靠墙站着一排戴尖顶斗笠的鬼。我头一昏就栽下来了。

从地上爬起来,便听见黄花的妈妈在我上面说话。

"越是想吃葱油饼,越要挺住。过了第五天就好了。"

我仰头一看,什么也没有。她在哪里讲话呢?

"我家姑娘不爱干活,她也想绝食呢。"声音又说。

那声音明明就在我面前。大约她的身体已经消失了吧。这个女人的主意真高明啊。我就问她怎样可以找到黄花。她沉默了好一会,后来她的声音在屋檐上响起来。

"小兰啊,你刚才不是栽下来了吗?那种地方全这样。"

爸爸在院子里修鸡笼子,他说夜里有大蟒蛇来偷小鸡了,那只芦花母鸡被吓破了胆,已经死了。我找到芦花鸡,看见它并没死,眼睛还在一张一合的。

"你别看它的眼睛没闭,它实际上已经死了。"爸爸断言说。

我将手放到它胸脯上,说:

"它明明还在呼吸嘛,哪里死了!"

"它是死了,你还看不出来吗?"

爸爸说话时,我的背脊骨一阵阵发冷。他那么积极地修鸡笼子,是为了让这些劫后余生的鸡招致更厉害的恐吓吗?先前鸡笼没有坏,蟒蛇还是进去了。想到这里,我就对爸爸的举动很看不惯。不知怎么,这只芦花鸡让我想起黄花,我发现它又在看我。

我弯下腰,抱起芦花鸡往屋里走。爸爸立刻放下手里的活计过来了。

"你把它给我!"他喝道。

"它还活着呢,它……"

他一把将它夺过去,往半空中一扔。它立刻飞起来了,落在前面的一堆柴火上。

"你看,它没死!"我说。

"傻瓜,你听到它叫了吗?没死的鸡还能不叫?!"他朝我一瞪眼。

我闷闷不乐地进屋,老想着芦花鸡的眼神。蛇偷小鸡的事从前也发生过,我为什么对这种事这么关心了呢?不过爸爸的心思真是刁钻古怪啊。这只死了之后还能飞的鸡身上恐怕有秘密。我已经习惯了在秘密中生活,我感觉到秘密,但我从来不进入秘密。人们也不允许我进去,就是黄花也不让我进去。可是我又想知道!

我拿上钩刀和绳子,装作去砍柴的样子重又出门。我走了没多远就看见冥嫂,冥嫂身后果然拖着长长的黑影,我还是第一次看到呢。她东张西望了一会儿,立刻跑到我身旁抓住我的膀子,抓得紧紧的,说:"太可怕了,太可怕了。"她说话间又用手指了指烘房那边。我立刻想起了那些戴尖顶斗笠的鬼,额头上冒出了冷汗。我要跑,可冥嫂又死死地抓住我不让我跑,还说黄花也在烘房里头,我们不能不管她的死活。

"那么,我们到烘房里面去吗?"

"呸!你敢去吗?你敢去你就去,我是不敢的。"

冥嫂说话间她的影子突然一下缩短了,然后就完全消失在她的脚下。她的身体立刻显得格外瘦小,可怜。我立刻想起了她所居住的那一片洼地,那里头有好几座坟,都是没有主人的乱坟。

"你不敢去,又不让我走开,你要干什么?"

"你这个没良心的女孩,你丢下黄花不管了吗?"

"那你说我该怎么办?"

"你不要问我,你没看见我已经吓坏了吗?"

她的左腿忽然瘸了,整个身子慢慢朝左边倒下去,倒在乱草里。她一动不动了,只有那双眼睛睁得老大,令我想起家里的芦花鸡,也令我想起黄花。莫非她们都来自同一个地方,生着相同的眼睛?

"冥嫂!冥嫂!"我蹲下去摇她的肩膀。

她一动不动的眼珠里掠过一丝质问,她和芦花鸡都在问我同一个问题。

很快,她眼里的表情消失了,脸上的肌肉变得僵硬,身体冰冷了。也许她死了?

我知道这种事是很难说的,在村里,你时常以为一个人已经死了,其实呢,他或她只不过是停下来,到另一个地方去了。因为村里的穷日子太繁忙了,拖着他们往前跑,所以他们就向往这种假死。过那么一两天,你就又看见这个人若无其事地在家门口干活,或走在打短工的队伍里头了。比如黄花的妈妈,就是用绝食来企图摆脱繁重的体力劳动。还有黄花自己,也认定自己将来的命运就是绝食。想到这里,我黑暗的脑海里就出现了一丝亮光。我丢下失去知觉的冥嫂,往她居住的那片洼地跑去。

离得好远，我就看到了乱草和灌木丛中的激战，慢慢走近了，便看清那些野人全没穿衣服，手里拿着竹制的弓，箭袋系在屁股上。不远的酸枣树下有三个墓穴，都黑洞洞地敞开大口。一些野人身中数箭，受了重伤，但他们并不找人拔箭，就像豪猪一样带着那些箭在洼地里来回奔跑。黄花坐在酸枣树的树干开叉处，晃荡着一双赤脚。空中响起那首熟悉的歌谣，是幼童们唱的。

"黄花！黄花！"我的声音变得很凄厉。

她转了个身，背对着我，那背上有很大的窟窿，黑血早已凝结。

我终于跑到了树下。

"黄花，你在干什么？"

"我？我在等冥嫂。舅公说，她那么害怕，一定会来的。小兰，你怕吗？"

"我不知道，黄花，我还不太清楚，黄花……你说说看……"

黄花脸上显出不满的表情，她掉转脑袋去看远方，似乎不打算理我了。

我们说话的时刻，那些相互追杀的野人全都奔进了墓穴，有的简直就是头朝下扑进去的。那里头是无底深渊吗？

黄花溜下了树。我不敢看她的背，我觉得她的胸膛里的东西已被掏空了,只剩下薄薄的一层。她告诉我她夜里要睡在洼地里等冥嫂。我向她表示我愿意陪她。

"不!不!"她说。

她又背对我,我又看见了那个窟窿。当我看清一个小姑娘竟会变成这种样子时,我就吓晕过去了。

我醒来时,万籁俱寂,那三座坟的口已经合上了。暮气沉沉的洼地里刮来一阵凉风,一个稀薄的人影在酸枣树下徘徊,那是黄花的妈妈。

月光之舞

我是属于月光的,狮子属于黑暗。奇怪的是,狮子总是在荒原上沐浴着月光来来回回地走,而我,通常在充满了腐殖质的土壤里同蚯蚓一道耕耘。我,只耕耘,而不收获。有时我也钻出地面,我站在一丛灌木旁等待。当一只蝙蝠停下来休息之际,我就跳到她的背上。然后,她携带我飞向那个古老的山洞。我不想描述我的山洞之夜,那是一个比地狱还阴森的处所。即使在大白天,洞口也不时传出杀戮的惨叫。我在洞里待到傍晚时分,我的朋友驮着我飞向那片林子。她停在松树上,我跳到最高的那根枝头。从那里望去,荒原在我的视野中起伏,狮子正在焦虑地觅食。他的目标是小河对岸的斑马,我的目标是他。但他为什么总不出击呢?他喜欢那种主宰局面的快感吗?

天黑了，我的朋友飞走了。风将树枝吹得摇摇晃晃，我抱着树枝，将肚子紧贴着它。我想象自己正在海洋里乘着独木舟。月亮升上来了，我看见狮子在休息，斑马也在休息，他们之间仅仅隔着一条浅浅的小河。狮子是通过什么方法彻底消除了饥饿感呢？这是他的秘密，也是我的秘密的问题。月光将他长长的鬃毛染成了银色，那张脸同他身旁的石头一样古老。我酷爱那张脸，可是那张脸也让我日夜烦恼，因为找不出答案。

林子里像往常一样闹起来了，只要有月光，这些家伙就不得安宁。到处都是各式的叫声，树枝断裂的声音，他们那股劲头，就像恨不得将这片林子变成废墟似的。幸亏有萤火虫。这里的萤火虫真多啊，如同星涛一样一浪接一浪地从我眼前涌过去。还有一些没有翅膀的，他们停在地面的枯叶上静静地发光，他们的光只能照亮他们脚下那一点点地方，这是些瞎眼的虫子。我曾试图引诱没有翅膀的萤火虫们，让他们同我一道去地底。他们不为所动，他们太自尊了，也可以说是自满自足吧。深思熟虑的虫子们，他们在思想里头耕耘自己的身体。狮子转过身去了，现在他背对着我了，那是多么悲怆的一个背影啊。现在就连斑马们也麻木了，他们听天由命地进入了梦乡。

在苍茫的大地上，出现了另外一些狮子的剪影，他们不是真的狮子，是月光玩的把戏。这些幻影排成一行，队伍伸向天边。你听到过狮子哭吗？不，狮子的哭是听不到的。我的视线模糊了，待在高处真累啊，必须下去。一旦混迹于那些在黑暗中吵吵嚷嚷的家伙中，我的身心就得到了放松。

我知道我的朋友这会正在干活，我只好步行回去了。我走了很久很久，才回到了我的耕地——那一大片黑乎乎的泥土在月光下面有点像阴沉的墓地。灌木丛下面聚集了一堆没有翅膀的萤火虫。怎么回事？莫非是某种仪式吗？那堆小火一闪一闪的，那堆小火在渐渐地变暗！他们就在我的耕地旁烧完了内心的火，这些小小的肉虫，他们能够做出的选择很有限。我闻到了烧焦的肉味，那味道让我的心情变坏了。我从那个洞钻入地下，我一边耕耘一边睡觉。在半夜的某个时辰，我遇见了蚯蚓，他们是两条，一条在我的上方，一条在我的下方，始终同我齐头并进。事情总是这样，我见不着蚯蚓，但他们总是伴随着我。他们一接近我，我马上就知道了，耕地深层的传感能力是极强的，我甚至能够觉察到他们的情绪呢。上面那一条激情洋溢，下面这一条则有点沉郁，两个家伙都是久经考验的信徒。信什么呢？像我一样，什么都信，一种从根源上产生的信念。我们都是月光派，黑暗的耕地是我们实践自己的信念的场所。我要做梦了，我知道我会梦见我爷爷。我爷爷是动物和植物之间的生物，有点像海洋里的珊瑚的那种，不过他是生在大地深处的。他生前不能动,老是在一个地方思考啊,思考啊的。他死了以后,据说遗体就在原地石化了。他所处的位置就在我们耕地的下面,还要下去很深很深。总有一天……

我醒来了,又是一天了,我不出地面就感到了太阳光的灼热。我焦急地想要知道狮子的情况。昨天我离开他的时候,他在哭,他一哭,我脑子里就一片空白了。他的内心有多么的黑暗。我为什么这么关注他?因为他是大地之王吗?还是有什么别的理由啊?反正,我对他的关注同我的信念有关,这不是我的选择,而是生来如此。现在我还不能出去,我的皮肤是受不了阳光的照射的。我必须去耕地旁的水塘里取一张荷叶罩在头上。

我在塘里游动时,看见很多有翅膀的萤火虫的尸体浮在水面。啊,这些月光的尸体差点使我掉下了眼泪!我摘了荷叶,顶在头上游上岸去。有东西在水下拉我的脚,那是住在下面的老鱼。我不耐烦去他家里。老鱼是世界上最最没有意思的家伙,他的家也不像个家,只不过是淤泥里头的一丛水草。一天中的绝大部分时间,他都蹲在那丛水草里头发呆。他什么都不想,是条思想空虚的鱼。他称呼我为"耕民",我知道那是种蔑称。他还将我的工作称之为"修理地球"。"地球可不会因为你的修理就变成方形的。"他说。当然,老鱼是老谋深算的,他的老谋深算并不来自于他的思想,而是来自于,怎么说呢?某种本能。他对这个水塘里发生的任何事都能提前一步知道。比如刚才,我还在耕地里头,他就知道了我要来,他克服惰性游上来,蹲在塘边的一个石洞里等我经过。我是不会去他家的,他也知道这一点。可还是不死心。自从雹灾那一年我同他吵翻之后,我发过誓,永远不登他的家门。那次雹灾不同于一般的雹灾,鸡蛋大小、密密麻麻的雹子整整下了一天一夜,水塘里都堆起了厚厚的一层。老鱼躲在塘边的土洞里,泥土塌下来,封住了洞口。他从里头向外面慢慢钻,钻了两天才钻出来。我是因为担忧才去塘里的。那一天,我和他就滞留在这个石洞里,我冷得簌簌发抖,快要冻僵了。开始我们谈论着这场雹灾,后来我们就吵起来了。因为我一片好心地劝他搬到石洞里来住,可他不但不领情,还骂我"懦夫",他说他可不想欺骗自己。"你的家在哪里?不是在那一堆雹子下面吗?你怎么不回家,要躲在这里?"我反唇相讥道。当时他那张大嘴一张一合的,他一定想反驳我,但是他不会思想,所以也不知道如何反驳我。老鱼不说话,可他的眼神使得我内心产生了深深的恐惧。那是冷酷的、勾魂的眼神,我感到自己完全被他击垮了。我说不清他是用什么东西将我击垮的,反正我受到了致命的打击,一连好多天精神不振。幸亏我有工作,耕耘是个万能的法宝,它能治疗任何心灵的创伤。

　　我顶着荷叶飞跑,一边跑,一边放肆大叫。我要是不叫的话,我的身体就会在阳光里消失,我确信这一点。终于到了老杨树下,我隐身在浓密的枝叶里头,皮肤好受多了。我爬到最高的那根枝头上面。在那边,斑马已经离开了。我听说斑马只是路过,他们到非洲去了,他们是属于太阳的动物。是因为这个,狮子才对他们身上的条纹产生深深的敬畏的吗?狮子被一块大石头挡着,我只看得到他头部的一个侧影,他在想什么呢?夜间他到底有没有对斑马进行攻击呢?我很想对他喊话,但是我知道我的声音传不到那么远的地方,再说他也不会将我放在眼里啊。一想到他吃掉的那些动物,我对他还是怀着某种厌恶的,我厌恶杀生。我,还有蚯蚓们,我们只吃泥土,那也不是真正地吃,只不过是让泥土在我们身体内旅行一次罢了。我们是性情温和的动物,在地底梦见月光,梦见祖先。虽然有厌恶,但对他的崇敬还是占了上风,毕竟,他是敢于征服一切的大地之王啊。就比如此刻吧,我看着他,我的眼里便有了泪。我爱上他了吗?胡说,谁能爱上狮子呢?他动起来了,他正在往河边走,在阳光里,他的影子那么浓黑,好像是另外一匹黑狮子跟在他身后呢。他在喝水,他喝得真久,他怎么能喝这么久的,他在浇灭体内的火焰吗?一只黄鹂落在他的头上,小家伙立刻唱起来了,那么甜美,那么清新的歌声，而且那么嘹亮！连我都隐隐约约地听到了。狮子停止了喝水，他也在听。他一动不动，唯恐惊吓了小鸟。我注意到，鸟儿歌唱之际，狮子的影子便消失了；鸟儿唱完飞走了，那条影子又回来了。狮子背对太阳蹲下来，影子绕到了他的前面，他的形象给我一种苦恼的印象。我要回去了，我身上的水分都被蒸发掉了，十分难受。

我又顶着荷叶奔跑，口里发出大叫，我比先前叫得更加歇斯底里，因为阳光分外厉害，我担心自己要完蛋。我跑啊，跑啊，终于跑回了家，一头扎进那个黑洞里，将皱缩的皮肤紧紧地贴着冰凉湿润的泥土。我差点晕过去了。离我不远的地方，蚯蚓们在有条不紊地工作。这些月光派，他们其实一辈子也没看到过月光，但他们传递给我的信息告诉我，他们是深深地崇拜月光的。所以他们也同我一样，在研究祖先。蚯蚓的皮肤比我的更为脆弱，如果同阳光遭遇的话，他们就会化成水。听说从前发生过很多起这种事。那么为什么连月光也要躲避呢？为什么？他们没告诉我。

我恢复了体力，便开始往土地深处扎下去，扎下去。我要做一次垂直的耕耘。以前我也尝试过，不过每次都只深入到石灰岩的附近就停下了，不是我不想再往下，而是我受不了那股气味。奇怪的是，不论我从哪个方向往下扎，最后总是到达石灰岩层，绕都绕不过去。也许那只是薄薄的一层，也许那竟是深而又深的无机物的地狱，两种可能性都存在。这一次，我决心铤而走险，做一次探索。我想，穿越的办法总是有的，要不然，爷爷他们是怎么下去的呢。我才不相信他是生在地下的呢。我听到了身后的轻微的响声，有一条蚯蚓在追随我。他？追随我？这纯粹是找死！想想他的皮肤吧。我就快要到那个地点了，我的头已经疼起来了，我的坚硬的眼珠也像要被软化似的。我按照既定计划向右边绕行。我绕行了很久，忍受着那股气味，我的眼珠已变得无比浑浊，几乎看不见了。这是什么？一个天然的洞！一条向下延伸的隧道！竟有这种事啊。我当然一头扎进去了。这个洞刚好容下我的身体，所以前进了一会儿我就害怕了，这不是一去不回头的旅行吗？然而已经晚了，我已经走了这么远，再要退回去不知要花多少天时间。好在身后那条蚯蚓不断弄出响声，像在给我壮胆一样，不然我的精神真的会垮掉。隧道里头虽然也有石灰岩的气味，但比起外头来已经好多了。我的视力慢慢又恢复了，我看见洞壁上有一些奇怪的花纹，每一处都有。看得多了，我揣摸出来这是一组相同的图案在不断变换位置，打乱，重组，又打乱，又重组，始终给眼睛带来新奇感。这些原始而朴素的图案使我心里的恐惧大大减弱了。怎么会有这样一条隧道呢？怎么刚好被我找到了呢？难道是爷爷的杰作吗？我体内的液体沸腾起来了，我听到身后那家伙也激动得弄出了更大的响声,他在叩击洞壁呢。他每叩击一下——实际上是用头部摩擦——洞壁就发出奇怪的回声,好像在说:"对啊,对啊……"我心里感到莫大的安慰,幸亏有他,我的好伙伴,不然的话,我很有可能被对自己的怀疑弄昏头。我不知道自己在隧道里爬了多久,因为地底下是没有白天和黑夜的区分的。然而我记得,有那么一些瞬间,那时一切事物的区分都消失了,既没有任何声音,也没有任何图像,连身后的蚯蚓也一动不动了。无论我如何用力地以我的头磕击洞壁,也弄不出任何声音,我的眼睛也看不见任何东西。我想,莫非这就是"死"?可是这种情况持续的时间并不长。当我的耳朵里发出轰的一声响时,我的感觉又恢复了(难道仅仅是我的感觉的问题)。每当我爬一段路程,"死"就重复一次,到后来,我已经习惯了,不但不再恐惧,反而还有点盼望呢。在那种瞬间,我的脑海变成了无边的海洋,狮子无比巨大的身影出现了,他卧在蓝色的水面上,他的背后有夜莺飞过。由于这幅画面反复出现,我就产生了错觉,我觉得这趟旅行不是去找爷爷,而是去找狮子了。怎么会去地底下找狮子呢?这是一个根据常理提出的问题,而现在,我的思维已经将常理撇到一边去了。我认定自己就是去找狮子的,我还打算找到他之后同他对话,即使被他吃掉也心甘情愿。

到底是如何掉下去的？这件事我回忆了又回忆，仍是茫然。那时我似乎是来到了隧道的尽头，看见隧道外面一片白茫茫。我拿不定主意自己是出了地面呢，还是仍在地底下，我更拿不定主意前方哪边是"上"，哪边是"下"。这时就连蚯蚓也消失得无影无踪了，退回去更不可能。我已经说过这条隧道窄得刚好容下我的身体，所以我也无法在洞口掉头，这是非常危险的，几乎等于找个借口"掉下去"。当然，在经历了漫长的旅行后，我到达了目的地。这真是我的目的地吗？狮子在哪里呢？现在就连狮子也不再出现在大海之上了，那里成了一片死海。

时光不断过去，我仍在原地。可是我怎能老在原地呢？这里的土不能吃，有很浓的石灰岩的味道，而我从未绝食过这么长的时间，现在我浑身无力，快要晕过去了。也许就是那一瞬间我产生了一不做二不休的决心，才掉下去的吧。就在我坠落之际，狮子出现了，那么大，却又那么轻灵，占据了我的整个视野。他的鬃毛，啊，他的鬃毛……后面发生的事我不记得了。我似乎是在某个阴沉的岩窟里，有东西在空中晃荡，一会儿是一只脚，一会儿是骷髅头。那是我最后的记忆。也许发生的事太不堪回首了，我就将它忘记了。有时我想，也许发生过真的死亡？那个岩窟，会不会是爷爷的墓呢？什么东西那么不堪回首啊？

反正我醒来时，已经在自己的耕地里了。我的上面有蚯蚓，我的下面有蚯蚓，我的左边、右边都有蚯蚓。他们不耕地，他们在静静地等我醒来。我一醒来，弄出响声，他们就慢慢地有了动静。我听见他们在激动，他们那柔软的身体叩击着泥土，发出滴沥滴沥滴沥的响声，就像下雨了一样。那一刻，我陶醉在这净化灵魂的雨声里头，我真想冲破隔开我们的泥土层，同这些黏糊糊的同伴拥抱一下呢。哪怕他们弄得我身上全是黏液我也心甘情愿啊。不过我没有这样做，因为我知道，我，还有他们全体，我们都不习惯这种表达方式。我们是内敛的动物，习惯于在孤独中传达激情。土地是多么柔软贴身啊，我奋起耕了十几米远，我的同伴们也追随着我，我们就像在海洋里游泳那么自如（当然，我承认，我从未到过海里）！啊，让我往深处耕，我要将我的耕地扩大一倍！我再一次做垂直的耕耘，我那些同伴也追随我，有的还耕到我的前面去了呢。就在这样激情的耕耘中，我们听到了狮子的吼声。我，还有我的同伴，我们全都停下来了。那声音好像是从一个石窟里头发出来的，震得土壤微微抖动。狮子到了地底？我记起了我从隧道口掉下的瞬间所看见的风景。难道狮子本来就在地底，荒原上的他，只不过是一个影子，他的许许多多影子中的一个？我们都在吼声里沉默着，我们想要听懂这吼声的含义。但他吼了几声又不吼了，我们还来不及分辨呢。我们只能使劲地回想，回想，想得脑袋里面变成了空白的一片。这样的思考并没有什么结果,然后,仿佛约好了似的,我们又一齐开始耕地了。我们将自己搞得精疲力竭。我一边耕地一边梦见石窟里的狮子,总是那张无比巨大的脸,银白色的鬃毛发出太阳一样的光,刺得我眼睛睁不开。有谁在我耳边抱怨说:"我不能动。"谁呢?难道是狮子?狮子怎么不能动呢?只有我爷爷才不能动啊!那么,狮子就是爷爷?啊,我的思维完全乱了,我想不下去了,但我的感觉还在,我感觉到了他,他在那底下,正憋着气,他要爆炸了。我的这个梦真长啊,我在梦里吃下的土真多啊。滴沥滴沥滴沥的声音又包围了我,他们又在叩击了,我感激得想哭。

我再次爬出地面时,所有的萤火虫都已经死光了,月光洒在大地上,一派浓浓的葬礼味道。我爬上老杨树的枝头往平原那边看过去,我看见那边空空荡荡的,只是偶尔有一只飞鸟的影子掠过。狮子王国失去它的主人了吗?不。他还在,他看上去同那块石头融为一体了,就那么一动不动。他的鬃毛不再发光,他的全身都变得晦暗了。难道他死了吗?雷声渐渐由远而近,月亮隐没在黑云后面,狮子的形象有点模糊了。忽然,他化为一道闪电,从那岩石后面射出,划开变黑了的夜空。他将天地照亮了,可他失去了自己的形体。这令我怀疑,他原来的形体是真实的吗？炸雷过后，又一道闪电……再一道！都是从岩石那里射出。现在就连雷声也不响了，天空被这些闪电照得雪亮，那偶尔露脸的月亮已失去了光芒，几乎都要变黑了。这是什么样的专横啊，我不忍看下去了。我下到地面，那雪亮的电光颠动着大地，是的，它肆意地将地上的石头啊，树啊，小山包啊簸来簸去的，我都不敢看了，我再看就要晕过去了。我闭上眼，摸着爬着回到了家。即使在下面，我仍然隐隐地听到地面的动乱。

我那么疲倦，很快就进入了睡梦，我在睡梦里犁进黑油油的熟土。蚯蚓们用优雅的叩击向我传达着一个信息：爷爷复活了，在深而又深的地底，他获得了生命，他在生长。我在梦中通体发热，我听不到爷爷生长的声音，可是蚯蚓们都听到了，他们向我传达了。我生平第一次深深地感到，我，还有我的这些同伴，我们同地心深处的爷爷成了一个整体。这是因为狮子吗？我极力想象，却怎么也想不出狮子的容貌。

图书在版编目（CIP）数据

情侣手记/残雪著．—长沙：湖南文艺出版社，2014.1
ISBN 978-7-5404-6527-8
Ⅰ.①情… Ⅱ.①残… Ⅲ.①短篇小说－小说集－中国－当代
Ⅳ.①I247.7
中国版本图书馆CIP数据核字（2013）第298958号

情侣手记

残雪 著

出 版 人：曾赛丰
责任编辑：陈小真
装帧设计：弘毅麦田
版式设计：周基东工作室
湖南文艺出版社出版、发行
（湖南省长沙市东二环一段508号 邮编：410014）
网址：www.hnwy.net
湖南省新华书店经销
湖南志翔印务有限公司印刷

2014年1月第1版第1次 2019年10月第2次印刷
开本：880 mm×1230 mm　1/32
印张：9
字数：160,000
书号：ISBN 978-7-5404-6527-8
定价：25.00元

本社邮购电话：0731-85983015　若有质量问题，请直接与本社出版科联系调换